CHARACTER
アサハル・コユ

ん？どうしました？

始　悪夢

《勇者》と人間が分かり合うことなどありえない。
彼等《かれら》もまた――人間だったのだから。

「アズマ！　そっち行ったぞ!!」

陽射《ひざ》しが痛くなってきた晩春の昼――建物の全てが消え去ったような更地にて。

野性的な声に叫ばれた銀髪の少年、アズマ・ユーリ大尉は、その声の通りに身体《からだ》を向けた。

最近使用するようになった、緑に濁ったハンドガンを軽く構えて――こちらに飛び込んできた「それ」に照準を定める。

「それ」は人間ではなかった。しかし機械などの人工物ではなく、また自然界の生物とも思えない姿をしていた。誰もが一見して異常と分かる化け物だ。大きさは人間の子供程度しかなく、シルエットも人間のそれに近いものの――その身体《からだ》は「顔のみ」で構成されていた。

人間でいう頭部に当たる部分の顔だけは、まるで削られたように空間ごと黒く塗り潰されているが――その他の部分、手や足に当たる部分すら歪《いびつ》に崩れた顔面が一面に張り付いている。

怖気《おぞけ》のするような姿だった。

そんな化け物にも彼は全く臆することなく、横に立つ緋色《ひいろ》の髪の少女に小さく叫ぶ。

「俺が奴《やつ》の注意を引きつける。その隙に行け」

はい！　と叫んだ彼女の手には、所謂《いわゆる》「棍《こん》」と呼ばれる長い棒状の武器が。

注意を引き付けるのはそう難しいわけではない。全身に顔が――つまり目や耳があるその化け物は周囲を全方向に知覚しているようで、だからこその難敵だ。だがいくら見えても聞こえても、避けられなければ意味がない――

ダッ、と土を強く蹴る。

数秒もせずに近付き、まずは先程の少女の近くに蹴り飛ばす。直後にそれを追って、間近から――ほとんど触れるような近距離で引鉄《ひきがね》に指をかけた。

そしてほんの一ミリ、押し込もうとした時。

息を呑《の》みかけた。ざざっと、視界にノイズがかかったように揺れたのだ。

そして《勇者》の姿が、一瞬、違う姿に見えた気が――

・・・

そっと、まるで凪《な》いだ草原のような静けさで。

アズマ・ユーリ大尉はベッドから身を起こした。秒針の音が刻む、暗い部屋――時刻は午前三時四十分。妙な時間に起きてしまったと、アズマはベッドの上で思う。

六月の終わりの夜にしては少しだけ暑い気候の中、アズマはつい先ほどまで見ていた夢を思い出して眉を顰《しか》める。今の夢は、ほんの二か月前に遭遇した敵との戦いだ。

はっきりとは思い出せないが、その敵の姿が一瞬、ノイズがかって見えた——気がした。あくまでも「気がする」程度だが、確かに違う姿へと変貌した。

(なんなんだ？　あれは……)

小さな人影だ。色は薄い橙色《だいだいいろ》。アズマと同じ色である。

(……まあ、どうでもいいか)

しかしアズマはすぐにそれを押し流した。

単に、見るも悍《おぞ》ましい異形《いぎょう》がほんの一瞬、違うものに見えるだけ。ただそれだけだ。

「なんであろうと、見える前に斬ってしまえばいいだけだ」

《勇者》は人殺しの化け物。それ以上でも以下でもないのだから。

一　展開

その視線は、どこまでも本気だった。

一切の妥協も甘えも許さない決意が秘められた薄紫色の瞳。覚悟がそのまま形になったような緋色《ひいろ》の髪は頭の後ろで纏《まと》められ、雑なポニーテールとなっている。形の整った両目の下にはクマが出来ているが、その瞳に宿る熱意は本物だ。

そんな気合の入った少女——シノハラ・カグヤ中尉は、後輩のマリを前に厳《おごそ》かに呟《つぶや》く。

「かつて——この世を創生したとされる神はこう仰《おつしや》ったそうよ」

普段神など信じていない彼女が、某所にある殲滅軍《せんめつぐん》本部の食堂の席に座って真剣な瞳で。

「——はじめに、肉《ビーフ》あれと」

「いや言ってないと思います」

そんなカグヤに相対するのは、金髪ツインテールの少女、エザクラ・マリ准尉。殲滅軍《せんめつぐん》本部の食堂で心底どうでもよさそうに珈琲《コーヒー》を眺めている。

「ていうかそんな神イヤです私。チェンジですチェンジ」

「まあ最後まで聞きなさいマリちゃん」

相対するカグヤは、手で制して不敵に微笑《ほほえ》む。

「まず一日目。神はこの世に焼肉定食を齎《もたら》した。そして二日目、ハンバーグ定食。三日目はトンカツ定食。四日目は焼きそば――」

「それここの食堂の日替わりメニューじゃないですか。創生してるの神じゃなくてこの本部食堂の人ですよ」

「ええ――神よね。ほんと。ここの味はいつ味わっても素晴らしいわ」

しみじみと言う彼女の前には焼肉定食、牛丼、ツナサラダとナポリタンが並んでいるが、しかし既に全て完食しきった後である。

対するマリは、「味を味わったという表現は正しいのだろうか」とそんなどうでもいいことを考えている。そんなマリには露ほども構わず、カグヤは話し続けた。

「これは持論だけどね――店の料理の美味《おい》しさというものは、メイン料理でなくサイドメニューで決まると思うのよ。メインに力入れるなんて当然のこと。頼む者が少ない、一見人気のなさそうな料理に力を入れている店こそ当たり、だとね」

「はぁ……」

「そこへ来てここは――」

と、その時、料理が一つ運ばれてくる。小さな――少なくともカグヤにとっては――卵サラダだ。ちょうどよかったとでも言いたげに、その卵サラダを受け取って、マリに見せる。

「見なさいマリちゃん。この卵サラダの卵のハリを」

「卵のハリ」

「これはゆで卵だからよく分かるけど。白身がこう、ぷるぷるして白く光ってるのは美味《おい》しいやつの証《あかし》なのよ」

「ゆで卵って割とみんなそんな感じじゃないですか？」

マリは面倒臭そうな表情を隠しもしなかった。カグヤの支離滅裂な会話は無視して問う。

「……ところで先輩。今何徹目ですか？」

「んん？　まだ二徹だから大丈夫だけど」

キマったような目で答えるカグヤの瞳は無駄に決意が満ちていたが、何に対する決意なのか分からない上にいささか焦点が合っていない。

「何が大丈夫なのか分かりませんが。寝てないならわざわざ来てもらうことなかったのに。何してるか知らないですけど、寝た方がいいですよ？」

「大丈夫よ。このくらい散々技研《ぎけん》で経験したし。むしろ三徹からが本番みたいなもんだから」

「まー確かに先輩はそういうとこありましたけど――」

マリは完全に呆《あき》れて珈琲《コーヒー》をぐい飲みする。

カグヤに限らず、技研《ぎけん》は所属の研究員の健康を度外視する傾向にある。

「睡眠など無能のやることだ、過去の偉人達もそう言っている、睡眠は最大で三時間」などと、医学その他を完全に無視しているのは研究長だ。

何を隠そうマリも、実はこの時一徹である。一晩徹夜しただけでも体力が持っていかれていて、目覚ましの珈琲《コーヒー》しか入らないのだ。それなのに何故《なぜ》カグヤはこれだけ食べていられるのかと、まったく別のところで戦慄した。

「——でも二徹といっても、先輩は今、技研《ぎけん》にいるわけじゃないんですよね」

己でも意外なほどに低い声が出た。

「じゃあいったい何をやってるんですか？　いつも……」

「……それはね」と、カグヤはいつもの笑顔を見せた。マリが大好きで、最近は少しだけ嫌いな、——そう、一線を決して超えてはならないのだと理解させられる視線。

「それはねマリちゃん。……ごめん。今は秘密なの」

あーあと、マリは心中で半ば諦めの声を上げる。

そうだと思った。

「秘密が多いですねぇ先輩は」

と、少し皮肉交じりに言ってやる。カグヤはそれに、少し困ったような微笑《ほほえ》みで応えた。

「……で、そろそろ本題に入ってもいいですか？」

マリは空《から》の珈琲《コーヒー》カップをカタリと受け皿に乗せる。どことなく真剣な視線に、カグヤもぱちくりとした。

カグヤはマリに呼ばれて昼食に来たのだ。話があると言って。

その「話」はある程度想像はつく。

何故《なぜ》なら――マリがこの連絡をしてきたときの、切羽詰まった声がそれを表しているからだ。何度も言おうと、言いたいと願ったことを、躊躇《ためら》った末にようやく口にしたような、彼女にしてはようやく振り絞ったのだろう勇気。

「先輩――その、いつになったら技研《ぎけん》に戻ってきてくれるんですか？」

それを、すげなく跳ねのけなくてはならない。

マリが出した話に、カグヤは困ったように目尻を下げる。

「マリちゃん、その話はもう……」

「そりゃ一度は納得しましたよ。しましたけど……先輩のいない技研《ぎけん》なんて楽しくもなんともないんです。頼んでもないのに毎日《勇者》の話ばかりする先輩がいなくなったから、本当に静かで退屈で」

「頼んでもないのにって、まあそうだったけど」

「わ――私だってわかってますよ、先輩の事情は。でもずっといなくなっちゃうなんて思わないじゃないですか。挙げ句研究長に変な実験付き合わされるし……」

「変な実験？」

「なんかクロノスを造るとか言ってましたけどね」

クロノスとは、三十年前に現れた《勇者》に唯一有効打を与えることができる武器のことである。その素材には《勇者》由来のものがあり、強力であることは間違いない。

「え、研究長クロノス作ってるの⁉　作り方は分からないんじゃ……」

「分からないならこっちで創ればいいとか言ってました。反動のない完成品をって。相変わらずブッ飛んでますよねぇ」

「た、確かに……」

しかし強力な武器には代償がある――クロノスは使用するたびに強い「反動」が起きるのだ。

その強さから、まともに扱える者はいなかった。武器としては正真正銘の失敗作なのである。

――彼等が現れるまでは。

カローン。殲滅軍《せんめつぐん》において重要な位置を占める特別編成小隊。構成員に共通していることは、六年前、千葉県を崩壊せしめた《勇者》の攻撃の生き残り達であることだ。

あの爆発はカグヤもよく覚えている。

凄惨だった。当時十一歳の彼女でさえそれを肌に感じた。

出現地はどこだったか。人や生き物は勿論《もちろん》、建物すら一瞬にして溶解した拡散する炎の圧壁――溶岩で出来た津波が押し寄せて何もかも薙《な》ぎ払《はら》ったような、そんな地獄だった。

そんな中、例外的に無傷で生還した少年少女が彼等《かれら》である。建物や土地まで全て焼き尽くされたのに、生き残ったイレギュラー。

そんな彼等《かれら》こそ、唯一《勇者》に対抗出来る武器「クロノス」を唯一まともに扱える者達であり、同時に監視される立場でもある。

「まぁでも、アズマさんの刀が使えなくなっちゃったからね——刀って修復がとても大変らしいし、新しく造るのがいいんでしょうね」

「それはいいですけど、造られるまでどうする気なんですか？　アズマ大尉は。まさか素手ってわけにもいかないですし」

「あ、それまでは拳銃型のを使うらしいわ。私が前に使おうとして使えなかったやつ」

数か月前。あることがきっかけで、カローンの隊長でありエース格であるアズマ・ユーリ大尉の刀が真っ二つに折れてしまった。代わりになりそうな刀もなく、アズマはそれ以降、カグヤが使っていた銃型クロノスを使用している。

「それにしても、まさか本当に造ることを考えるなんてねぇ」

「製作方法も喪《うしな》われ、凍結されたクロノスの製作。研究長なら出来そうなのが怖いです……」

カグヤも、そしてマリも研究長の有能さを知っているし、信じている。だからこそ驚きはすれ嗤《わら》いはしない。

「出来たら一番に見せてほしいものだわ。許されるならその時の実験にも——」

「中尉」

言葉の途中で背後からそっと声をかけられ、カグヤとマリはびくりとその場で跳ねた。

振り返れば銀色の少年。十字架型のピアスを左耳に着けて、相変わらず感情の読めない表情の。それでいて少し優しい雰囲気も併せ持つ彼が。

アズマ大尉だ。近付いていることにも気付かなかった。

「ああ、アズマさん――」と答える前に。

カグヤはマリの方を恐々《こわごわ》と見る。マリは先ほどまでの、呆《あき》れながらもどこか楽しそうだった雰囲気を一変させていた。むっとわかりやすく拗《す》ねつつ、アズマを睨《にら》んでいる。

一方のアズマも、カグヤには答えずにマリの視線を受けて立っている。

一瞬、ばちりと火花が散った――気がした。

マリがにっこりと笑う。目以外。

「アズマ大尉……今、い、私と先輩が食事してるんですけど？」

「見れば分かる」

「分かった上で話しかけてくるんですか？　無粋ですねぇ。空気読めないんですか？」

「私を」という言葉をわざと協調するなど、火花を散らしているのは主にマリの方だ。

しかし、最近の彼女の殺気の膨れ上がりようはカグヤでさえ圧倒されるほどである。一方アズマはどこ吹く風だったが。

「なんだ。貴女《あなた》はいつもそういう話題にしか持っていけないのか？　感情が単調でなんの捻《ひね》りもないな、エザクラ准尉」

「はあ？　そういう話をせざるを得ないのは誰のせいだと思ってんですか」

一触即発の空気だが、挟まれたカグヤは——別に慌ててはいなかった。

いつもの光景だからである。アズマとマリは顔を合わせるたびにこれだった。最初は止めていたが、刃傷沙汰《にんじょうざた》になるわけではないので最近は放置している。

「だいたい、先輩を無理やり持ってったのはそっちで——」

「マリちゃん。アズマさんは多分迎えに来てくれただけだと思うわよ」

「……迎えにって？」

「戦闘訓練に」

カグヤはそして、ほんの一瞬、下に目線を遣《や》った。なんの変哲もないタイルの床だが、彼女が考えているのはそのさらに階下、地下にある部屋のひとつ。

「この食堂の下。ずっと地下の方にある訓練所で武器鍛錬をしているのよ」

アズマは刀を失い、急場で銃を使っているが、精度に欠けるため自主的に訓練中だ。主にコユキに教えられながら。

「戦闘訓練って、なんで……」

マリはどこか不服そうな顔だ。

「先輩には必要ないじゃないですか、そんな……」

「必要ないかどうかは中尉が決めることだ」と、アズマの言葉にマリはぴきりと青筋を立てた。

「中尉はもうカローンの人間だ。元後輩の貴女《あなた》が介入する権限などない」

「元」を強調して追い討ちをかけるアズマ。

うわ大人げないとカグヤは思った。といってもアズマとマリは二歳しか年齢は違わないが。

マリはその言葉にやはり分かりやすく不機嫌になったものの、一応理は通っていると思ったのか言い返しはしなかった。代わりにとカグヤに詰め寄る。

「私、まだ諦めてませんからね、先輩のこと。確かに今は色々難しくても、いつか絶対私たちのところに帰ってきてくれるって信じてますから」

「……うん」

カグヤはそんな元後輩を見下ろしたまま、何も言えずに笑うことしか出来なかった。

二か月前、カグヤは諸事情あって、古巣の第二技研《ぎけん》から特別編成小隊カローンに正式に異動になっていた。

諸事情と一言で表すには複雑すぎる内情で、それが許容されている現状も一筋縄で作られたものではないのだが、とりあえず今は何も言われていない。

「ごめんねマリちゃん。たとえ帰れるようになっても、私は戻るつもりはない。技研《ぎけん》が嫌になったとかじゃないし勿論《もちろん》研究も続けていくけど、今はこっちが大事だから」

初めて言ったわけではない言葉だ。

マリはぐっと唇を噛《か》みしめた後、今度こそ拗《す》ねたようにカグヤから視線を逸《そ》らす。

「こっち、っていうのは——《勇者》のことです、よね」

マリは顔を伏せた。問いのかたちをとらなかったのは、その答えを何度も何度も、わざわざ聞くまでもなかったからだろう。

駄々をこねる寸前みたいなマリの声に、カグヤは苦笑する。肯定はしなかった。

「マリちゃんは確か、新しく手に入った検体の登録申請だっけ？　頑張ってね」

「頑張ること何もないですけど、まあ頑張りますよ」

立ち上がるカグヤに、マリは寂しさを隠さない微笑《ほほえ》みを浮かべた。

「……また誘いますからね。先輩」

「うん。その時はよろしくね、マリちゃん」

「その時こそ邪魔者無しで!!　約束ですからね！」

「……うん。約束ね」

困ったような、それでいて喜色が浮かぶ視線を向けて、カグヤは今度こそ申し訳なくなった。

約束なんて本来は、軽々しく出来るようなものではない。誰もが《勇者》の被害に遭う可能性があり、誰もが《勇者》になるかもしれないこの場所では。

そんな中、また誘う、また会おうという約束はあまりに酷だ。

《勇者》が存在する以上、そんな日は——来るかどうかも分からないのだから。

《勇者》——それは三十年前より現れた哀《かな》しき化け物達。

かつて人間だった、そして今は人間を殺す立場にいる彼等《かれら》——どういうわけか未成年にしか知覚できないそれに対抗すべく、集められたのは《勇者》の被害にあった孤児達だった。

有象無象《うぞうむぞう》の未成年たちの統率のために、敢《あ》えて軍という形を取ったその組織は俗に——

——殲滅軍《せんめつぐん》と呼ばれる。

一—二

タイマーをセットする。時間は五秒。

広く無機質な訓練室の壁に、「00：05」の表示が灯《とも》った。

「……じゃ、いくわよ」

「ああ。いつでも」

殲滅軍《せんめつぐん》本部——都内に存在する地下施設のうち、地上にほど近い場所に彼等《かれら》はいた。

その中の、訓練場と呼ばれる広々とした空間で、特別編成小隊カローンの隊長、アズマ・ユーリ大尉と、隊員の一人であるアサハル・コユキ少尉が数メートルほどで対峙《たいじ》している。

といっても、仲間として相対するような気楽さではない。どこかピリピリと張り詰めた雰囲気が漂い、二人は互いの一挙手一投足に注目していた。

残り三秒。二人は互いに銃を手に取る。共に携行銃を、アズマは軽く、コユキは自然体で構え、時を待った。

二、一――

サイレンが鳴って、先に動いたのはアズマの方だった。走っているわけではないが大股で。ルートを悟られないよう動き、確実にコユキに近付いていく。

一方コユキは微動だにせずそれを迎え入れた。手許《てもと》の得物《えもの》をまるで手遊《てあそ》びでもするかのように自然に射撃《シュート》。ステップを踏むように動くアズマの脚を的確に狙う。

火花とともに躍る数発の弾丸。明確にアズマに向けて撃たれたそれは、しかし彼には当たらず、床に着弾し赤い液体を撒《ま》き散《ち》らした。それは彼の鮮血――ではなく、訓練用のペイント弾だ。

ペイント弾による銃撃戦。これが彼らの、少なくともアズマとコユキの間における「訓練」である。勝ったから何かあるわけではないが、負けていいと思うほど二人とも甘くはなかった。

ルールはシンプル。

相手にペイントを浴びせてやれば勝ちだ。

既に三発撃っているコユキは薄《うっす》らと笑って、初めてそこで両手持ちになった。照準を合わせ――つまり今まではそれすらもしていなかったわけだが――アズマの右脚を狙う。

発射された弾は足元に正確に着地。そのペイントの飛沫《ひまつ》が靴に付着する前に、跳躍。

跳んだアズマはその勢いでコユキに向かい疾《はし》る。コユキは今度は動きながらアズマを捌《さば》いていった。それすらもアズマは避けて。

彼は臆さず、三発撃った。一発目はまっすぐ。二発目は避けるコユキを追うように。三発目はコユキを振り返って――

（居ない⁉）

そこにいるはずの彼女の影がない。一瞬戸惑った彼は、すぐに事態を把握し自虐的に笑った。

「……なるほど」

いつの間にか下にコユキが回り、彼の腹部に銃口をつきつけていた。

両手を上げた彼は、コユキには視線を向けずに賞賛する。

「速いな。見えなかった」

「速いわけじゃないわよ。ただアンタに見えなかっただけ」

背の低い彼女ならではの戦法だ。

コユキは磊落《らいらく》に笑う。射撃者であるという誇りと、歴戦たる自信がそうさせていた。

「始めて二か月の奴《やつ》に負けたら面子《メンツ》立たないでしょ？　ま、ちょっと危なかったけどね」

ゴーグルの向こうにある猫のような瞳を細めて、コユキは勝利をほぼ確信しているようだ。

だから引鉄《ひきがね》を引かない。接近距離とはいえ腹部ならばまだ安全で、そしてアズマは得物を捨てていないというのに。

「危なかったのなら僥倖《ぎょうこう》だ。最初はただ的にされるだけだったからな」

と笑いつつ、アズマは右手から銃を離した。重力に従い落ちていく鉄塊がそのまま床にぶつかる――寸前。

姿勢を無理に変える。そのまま銃を拾い、即座に狙いを定めてコユキに向けた。そのコユキは目を見開き、息を吞《の》む――そして最後の一発。

「――ッ‼」

銃撃音と同時に、コユキは正に間一髪で避けていた。発砲してからの回避では間に合わない。銃を拾った瞬間に弾道を予測したのだろう――無理な体勢を取ってでも彼女は右方に跳ぶ。その時弾《はじ》けたペイントがコユキの頰をかすった。

コユキは避けた不自然な体勢のまま、見もせずに数発。その全てが至近距離に居たアズマに襲いかかる。が、これまで刀を主に使っていたアズマはまだコユキほど予測に長《た》けているわけではなく。二発避けたが――最後の一発が肩にもろに当たった。

「……ッ‼」

ペイント弾とはいえ、その衝撃はアズマにダイレクトに伝わった。

思わず身体《からだ》を折るアズマに、コユキはははあと肩で息をしながら言う。

「あっぶなー！　いくらプロテクターしてるとはいえ、この距離で顔撃つとか危ないっての！」

「……い、一応首元を狙ったんだがな」

「まあ確かに首元も防護あるけどさぁ……」

　コユキは首元のネックウォーマーに触れる。首元を保護するためのものだ。

「それでもアンタ、射撃はポンコツなんだからそれは自覚しなさいよね。だからこうやって模擬戦してるんだから」

「そんな、に、狙いは悪くないと思うんだが……」

「まあ始めた当初よりは大分マシになったけど」

　互いが銃をホルスターに戻しそれを確認した後、コユキは初めてゴーグルを外した。猫のような朱《あか》い瞳が獰猛《どうもう》に顔を出す。

「ま、でも結構いい感じなんじゃない？」

　そして自身の頬に付いた青いペイントを擦《かす》った。アズマの不意打ちで、ほんの少し擦《かす》った青い塗料を。

「はー……これ落とすの大変なんだよねぇ」

「コユキはまだいいだろ。俺は顔を洗うだけじゃ済まない」

　そして二人連なって訓練場を出ていく。互いに付着したペイントを落とし、ついでに掃除用具を取りに行くために。

　出た瞬間、ん、とカグヤと目が合った。見学席にいた彼女と。

カグヤは、アズマの視線に気付いて笑う。にやりと、そんな効果音が聞こえそうな。

「なんだ。また負けたんですね。赤い塗料が素敵ですよ」

「好きで赤くなってるわけじゃないんだがな」

機嫌悪くそう言うと、カグヤは軽く噴き出した。

尚《なお》も笑う彼女に、アズマは反撃。

「というか。その様子だと見てなかったな。……せめて手元の本を隠すくらいはしたらどうだ」

ぎくりと、今度は分かりやすく図星を突かれた顔をするカグヤ。

「い――いえ別に、見てなかったわけじゃありませんよ？　ただちょっと目を離してただけで」

「嘘《うそ》ならもう少し上手《うま》くつくことだな。大分ページが進んでいるようだが？」

そのアズマの言い方には、カグヤはむっとしたようだった。表情がくるくる変わる。

「ちゃんと見てましたよ。アズマさんがコユキに銃口を突きつけられるまで。あーまた負けちゃったんだなーって。その後は特に見る必要もないかと思いまして」

「……」

確かに、結局負けたのは事実だが。

思わず黙り込んでしまう。そのアズマの背後から、コユキがぴょこりと飛び出した。

「ちょっとおカグヤ、それはよくないよ」

その朱色の瞳には。

少しは隠そうと思わないのかと言いたくなるほど露骨に、興味と悪戯《いたずら》の色が宿っていた。

「せっかくアズマ、カグヤの前だから恰好《かっこう》つけてたってのに、ねえ？」

「は？」

アズマは高いような低いような、心外だと主張する声を上げる。割と素の声音であった。

「何故《なぜ》俺が中尉の前で恰好《かっこう》つけるなんて――」

「なんでって。それ私から言わせる感じ？　それはもっとないよアズマ」

「さっきから何を言いたいんだ」

おー怖《こわ》、と口だけで言うコユキ。そして「なんなんだろうね？　リンドウ」と、勝手に会話を逃がす。矛先を向けられたリンドウは、退屈そうにしていた表情を一変させた。

さらに退屈そうな顔に、だ。

「ああ？　俺に振るなよ。巻き込むな」

「巻き込む以前に完全な当事者じゃない。あの時一番良《い》いマシン買ったくせに」

何故《なぜ》か都合悪そうに黙るリンドウ。

その少し離れたところで、五秒で会話に興味をなくしたらしいカグヤが本を捲《めく》っている。この場において、彼女にとっては手元の本を超える優先順位はないのだろう。

「アズマから貰《もら》ったお金で買ったんだから、もう何も関係ないってのは違うんじゃない？」

「そりゃそうかもしれないが……」

「待てお前ら。理論がすべからく破綻している」

ともあれ、目の前の不本意な会話を止めるのが先だ。

コユキはともかく、リンドウがこの会話に本格的に加わる前に。

「そもそも。前提として俺は恰好《かっこう》つけてなど――」

「つけてないことはないだろ」と、リンドウが急にそう言って、アズマは閉口した。

「最後に撃たれるとこ見られなかったし。それはまあよかったんじゃねえの」

「はぁ⁇」

リンドウはあっさり裏切った。しかもその表情が少し嗤《わら》っていることにアズマは気付いた。

「お前はカグヤの前じゃあ何物をも恐れぬ最強の隊長様でいたいだろうしな。コユキに負けたとあっちゃ一大事だ」

「はぁん？　何よそれリンドウ。私が弱いとでも言いたいの？」

妙なところに食いつくコユキは、しかし話の趣旨（不本意）を都合よく忘れてはくれない。

「寧《むし》ろ私を苦戦させたんだから誇るべきだと思うわ。カグヤもそっちの方が見直すんじゃない？　へーアズマさんにしては結構頑張ってるじゃないですかみたいな感じで」

「憶測で語るなよ……」

いい加減戯《たわむ》れが過ぎる——というか、何か濡《ぬ》れ衣《ぎぬ》を着せられているような気分になってくる。

もはや諦めの境地だった。何が嫌かって、この調子は別に初めてではないからである。その度にカグヤは知らん顔したり、関心のなさそうな顔をしているのだから、余計面倒だ。

「？　さっき私、名前呼ばれましたか？」

自分の名前を呼ばれたからか、カグヤが顔を上げた。

「なんですか？　何かありました？」

「まああったっちゃあったかな。アズマがカグヤに色々見られなくてよかったねって話」

語弊しかない。もうほとんど別の話といっていい言い方だった。

「……え？　アズマさん、なんか私に見られたくないことでもしてたんですか？」

「していない」

もはや不機嫌に答えるしかなくなったアズマに、カグヤは眉を顰《ひそ》めて首を傾《かし》げて妙な顔になって、そのまま本へと戻っていった。

大きく、それはもう大きくため息を吐《つ》いたアズマは。片付けのために黙って見学席を出て行こうとする。その背後で、リンドウがカグヤに話しかけているのが聞こえた。

「つーわけでだ。アズマの雄姿を見て、お前もそろそろやる気になったか？」

「何がですか？」

「戦闘訓練だよ。コユキとアズマがやってんのを一人で見てるのも暇でよ」

一瞬の沈黙があり——

「はっ⁉」と、カグヤは一拍遅れて叫んだ。

「そ——それってまさか、私とリンドウさんがタイマンするってことですか⁉」

「それ以外何があるよ。つーかコユキとアズマもやってんだからそれが筋だろ？」

「いやいやいやいや」

一緒にしないでください、と騒ぐカグヤを、リンドウは煩《うるさ》そうに払っていた。

「何がそんなに嫌なんだ。俺が教えるんだ、それなりにモノにはなるぞ」

「そっ……そのために全身複雑骨折したくありません、私」

「……お前俺をなんだと思ってんの？」

「聞きたいですか？」

一切の冗談が介入しない真顔に、「いやいい」とリンドウは引き下がる。

しかし、もう一つの話題は引き下がる気はないようだった。

タチの悪いナンパのようにも見える。あまり見ていられるものでもないからと、声をかけようとした時、

「やめなさいよ」と、アズマが言う前に見かねたコユキが制止。

「カグヤは私達とは役割からして違うんだからさ、いきなり同レベルを求めるのは酷だよ」

コユキのそれも正論で、リンドウは少し顔を歪《ゆが》める。

「それにカグヤには反魂研究《やること》があるんだから、時間取るわけにいかないでしょ」

「それを言ったらそうだが……」

だがアズマはリンドウの言うことも分かる気がしていた。

カグヤはアズマ達とは役割こそ違うが、一緒に戦場に出ている以上、最低限自分の身を護《まも》ることは必要だ。カグヤはそこまでセンスが外れているわけではないし、自分で走って《勇者》に特攻する程度の気概はある。

だが彼女は《勇者》を救う存在で、自分達戦闘員とは――仲間とは認めたけれど、やっぱりどこかが違うのだ。

それを否《いな》としているわけでは勿論《もちろん》ないが。

「まあ、今はいいんじゃないのかリンドウ。まだ二か月だろ。そんなに焦《あせ》ることはない」

「……まあお前がいいならいいけど。もう二か月だぞアズマ」

リンドウはどこか燻《くすぶ》っているような、それでいて真剣な顔つきになる。金色の瞳がかちりとアズマを捉えた。

「長いようで意外と短い。あの日からもう――」

あの日からもう二か月。季節は夏に差し掛かろうとしていた。

一―三

塗料をシャワーで落とした後――割り当てられた簡素な部屋に帰ったアズマは、ちょうどよく端末が鳴ったのであまり考えずに出た。

『――いやぁ暑《あ》っついなぁ最近は。差し掛かるというより夏の最中《さなか》のような気温だ。晴れている日も雨の日も嫌になる。動植物のほとんどが嫌がる気温を発生させて止めもしないなんて、この世界の創設者はあまり有能ではなかったようだな』

そして聞こえてきたのは、透き通るような声で元気よく喋《しゃべ》る相手。研究長だった。

「研究長……」

電話の相手は研究長――カグヤのかつての上官だ。弱冠十六歳で技研《ぎけん》のトップとなった天才でもある。

二か月前、研究長とアズマの間に発生したわだかまりも、誤解が解けて今は普通に話せる仲となっていた。ただ、仲が復旧しただけで別に特別良《い》いわけではないが。

それでも、こうして電話をかけてくる程度には距離は縮んでいる。

「どのようなご用事ですか。ミライ少佐を通さずに直接かけてくるなんて」

『ああ。君の刀についてだよ。以前修復の依頼を貰《もら》っていただろう』

アズマの刀は、二か月前の《勇者》化の衝撃で二つに折れてしまっていた。その修復を研究長に頼んでいたのだ。

アズマは武器に拘《こだわ》りがない。持てて振るえればなんだっていい。

が、やはり使い慣れたものの方が彼としてもありがたい、というわけだ。

『――結論から言うとだ。君の刀は修復が不可能ということになった。手は講じたのだが難しいものだな』

「……そうですか。ありがとうございます」

修復は不可能。それを知らされても、アズマは失望すらしなかった。通常でも折れた刀の修復は難しい。ましてや特殊な刀など、最初から期待する方が間違っている。

『力不足ですまない。研究をしているのに修復ひとつ出来ないとは……』

「いえ。クロノスについてはまだ分からないことが多いですから」

クロノスは修復は出来ない。

正確には物理的にどうにか修復出来たとしても、壊れる前のようなパフォーマンスは発揮できず普通の武器になってしまう。《勇者》に刃が通らなくなってしまうのだ。その原因も未解明のままである。例えば数か月前、研究長はサクラの武器だったものを二つに割った。その時点で、少なくとも生きた武器ではなくなるという。

カグヤに反動が起きなかったのはそのためだと考えられている。

「研究長」

それに関して、アズマはずっと、研究長に聞きたかったことがあった。

「研究長はその、何故《なぜ》あの時中尉に協力したのですか。武器《クロノス》を二分割してまで。中尉が行くなんて保証もなかったのに」

『……お前と同じ理由だよ、アズマ大尉』

研究長の声音《こわね》は、変わらないようであって、しかし少し暖かいものになっていた。

『お前もあの子の、カグヤの馬鹿さを信じたんだろう。立場が危うくなってでも、一度突き放された相手を助けたいと思う不合理と矛盾と、一見意味のない行為が』

合理性と有意義のみを重視する彼女らしくもない行動が。

『だからお前は、あの世界から戻って来れた。違うか？　アズマ大尉』

「……ええ」

尋ねられたアズマはふと、過去に思いを馳《は》せる。

研究長の言う通りだ。中尉は、戦場に再び戻ってまでアズマを救いに来てくれた。

あの世界で何があったのか、アズマはほとんど覚えていない。だが、研究者らしからぬ彼女の表情だけは今なお記憶にある。閉じられた世界から連れ戻そうと、窓を叩《たた》く必死の表情が。

思い出させようとして、共に妹を殺してくれた彼女の手が。

「その通り、です。研究長、俺も――」

『まあ今のは嘘《うそ》なんだがな』

「……はい？」

通話の向こうの研究長。声の調子が変わっていた。何故《なぜ》か楽し気な声だった。

『本当は「断面」を見たかったんだよ。で、ちょうどよくカグヤが外に出そうだったからいい機会だと思って渡したんだ。卵持ちのデータも取れたし恩も売れたし一石二鳥、カグヤもお前も助かったし、ＷＩＮ‐ＷＩＮとはまさにこのことだな！』

「……」

つまり自分本位に行動した結果偶々《たまたま》うまくいったということらしい。

「お変わりないですね、研究長は……」

『それは褒め言葉と受け取って構わないな？』

アズマはスルーすることにした。

『それよりアズマ大尉。私は何も、メールの連絡で事足りることをわざわざ電話するほど暇ではない。本題だ――どうだ？　その後の経過は』

「……《勇者》化しかけた後の経過、ですね」

数か月前、アズマは様々な経緯を経て《勇者》になりかけた。右目に埋没しているらしい『卵』は未《ま》だなお存在感を放っている。そう、右目――

アズマは沈黙しかけた。先日ちらりと幻視したあの姿。

話すべきだろうか。カローンの隊員ではない研究長《彼女》にならば、あるいは──

「……いえ。何も問題はありませんよ」

『なんだつまらない。ちょっとくらいないのか、こう、身体《からだ》の一部が《勇者》っぽくなってキメラみたいになったとか、《勇者》と合体したとか、変な物が見えて手が付けられないとか』

「研究長は俺のことをなんだと思っているんですか」

最後だけかすっていたので少し焦《あせ》った。

『はあ』と一通り落胆した後、研究長はついでのように話を変える。

『そういえば、ミライから聞いたぞ。カローンに監査所から出向が来るんだって？』

話題が変わって、アズマは表情を引き締める。

監査所とは、情報統括兵科に属する組織のひとつだ。技術兵科に第二技研《ぎけん》が属しているように、監査所も情報統括兵科の一部である。殲滅軍《せんめつぐん》全体の監視と管理を行う場所だ。

殲滅軍《せんめつぐん》とはそもそも未成年の集まり。ただ意思のままに振る舞えば簡単に崩壊する。

カローンは監視を受けている立場として、元々監査所とは縁遠い仲ではない。監査が来るのも初めてではなかった。技研《ぎけん》の方も同じようなもので毎年来ていたらしいが、カグヤ曰《いわ》く「技《ぎ》研《けん》と監査所は代々仲が悪い」らしい。

そこから出向が来るということはアズマは既に知っていた。他の者達にはまだ知らせていないが。

『しかし。まあ、あれだな――』

研究長はそこで、少し声のトーンを落とす。案じているかのように一瞬軽い息が吐かれ、電話越しに心配げな感情が伝わってきた。

『流石《さすが》にやりすぎたな。お前達も』

「ええ、それは思います。組織は例外を嫌うものですから」

カローンは監視対象になっているとはいえ、純粋に戦力になることや、今まで問題を起こさなかったから見逃されていただけだ。

「こちらの言動を注意深く監視してくるでしょう。特にシノハラ中尉を」

実際誰を標的にしているかは瞭然だ。

「……シノハラ中尉に関してはダミーの報告書を上げたはずです」

『そのはずだがな。それで納得しない者がいたらしい――それにしても、ミライを通すのではなくこうしてねじ込んでくるとはな』

研究長は少し考えに耽《ふけ》ったようだった。電話の向こうから響く鈴のような軽やかな――それでいて老獪《ろうかい》な雰囲気を持つ声が、いつもより低くアズマの耳を打つ。

『カグヤを出さない、という選択はないんだな?』

「……何故《なぜ》今それを？」

『いや。カグヤの思想と理念は尊敬に値するものだが、些《いささ》か実利を欠いているところがある。

《勇者》の攻撃を一時的にでも止められるのはメリットではあるが、カローンにとってそれが大きな利点となるかというと少し疑問だ。これまでは問題なく回していたのだろう？』

「……お言葉ですが、問題なくというのは誇張です。死んだ者も多かった――《勇者》になったのも、別にサクラが初めてというわけではありません。そうなってしまった隊員は多かった。隊員だけに限らず一般人もです」

だからこそ、アズマ達は《女神》のことを知っている。

サクラは同年代で、特によく話していた間柄だったからコユキも自分も特にショックが大きかったが――でも初めてではない。サクラとて、この間までは見送る側だったのだ。

カローンが結成させられた当時。その頃、アズマ達より年長だった者は当然いたわけで――その中には最終的に《勇者》になった者もいた。というだけの話だ。

『……なるほどな。それは無知で失礼した』

珍しく素直に謝ってきたのでアズマは少しだけ驚く。

『ならばこれ以上は無粋というものだろう。だが――ひとつ提言させてもらうとすれば』

言葉を切ったその続きを、アズマは勝手に想像する。

「カグヤの出動要請を取《と》り止《や》めろ」というものだとアズマは考えた。かつては自分もそう思っていたことだから、そう考える者の気持ちは分かる。

だからこそ反論はしやすい。アズマはその反論を先んじて展開しようとして――

『アズマ大尉。お前、あまりあいつに入れ込むものじゃないぞ』

「……はい？」予想外の言葉に変な声を上げた。

「あいつ……？」

『カグヤに、だ』

　本当にこの軍の人間は──それしかやることがないのかと、本気でそう思った。

「別に……入れ込んでいるつもりはありません。ただ、《勇者》も最近強くなってきている。俺達の攻撃がいつも届くとは限らないし、犠牲を強いられないという保証もない。俺達だって《勇者》に成り果てることだってあります」

『ふむ、それはその通りだな。実際アラカワ少尉もそうだった。《女神》に攫《さら》われてしまったのだったな』

「……ええ」

　一度経験したから分かる。《女神》の言葉には何故《なぜ》か人を従属させるような強い力があり、人間の弱い心では到底抗《あらが》えるものではない。それに唯一対抗出来るのが、カグヤだったのだ。

「そういった状況に対する切り札が彼女なんです。カグヤは俺達を人間に引き戻す力がある。それは俺達にとっては希望でもあります。彼女の希望で戦線には出ていますが、おいそれと死なせるわけにはいかない。それにもし、何かがあってカグヤが《勇者》にでもなったら──」

　もう彼女を救える存在はいない。殺す以外の手立てがなくなる。それはあまりにも哀《かな》しいことで、だからこそアズマはそれを防がなくてはならない。カグヤがきっと唯一救えないのは自分自身なのだから。

『……カグヤ、ね？』

意地悪っぽい声で笑われアズマはそこで初めて気付いた。

いつのまにか、カグヤと。

『仲良くなったものだな。カグヤには何も言われなかったのか？』

「えっ、い、いや――」

急に論点が変わったこともあり、アズマは咄嗟《とっさ》に反応できなかった。

カグヤには確かに何も言われてはいない。というか誰もそれについて触れなかったので、アズマも意識すらしなかったのだ。しかし改めて考えてみれば、どうにも気まずい状態だ。

「……アサハル少尉もコユキと呼んでいるので、特に問題があるとは思いません」

『アサハル少尉にもファーストネームで呼ばれているだろう。少なくとも階級などといった無粋なものはくっついていないはずだ』

それはその通りなのだが、それはコユキが昔馴染《むかしなじ》みだからだ――と言い返そうとする直前、それなら先ほどの己の理論も破綻することに気付く。コユキを名前で呼んでいるのは馴染《なじ》みだからで、そうじゃないカグヤを呼んでいるのは別の意図があるのかと。

『私が何も知らないと思ったら間違いだぞ。お前達、以前二人で食事に行っていただろう』

「な……」

『言っとくがミライに口止めするのはやめた方がいいぞ。アイツ口軽いからな』

アズマは心中でミライを呪っておいた。

「いやそれは——ただの約束だったんです。奢《おご》ると言ってしまったので」

ほんの数週間前のことだ。

カグヤに高級焼肉と寿司《すし》とスイーツを奢《おご》る約束を（半ば無理やり）させられたアズマは、時間短縮とカグヤの胃袋対策のために全てを同日に済ませることを提案した。二人で出かけたのは、三人以上いると余計な出費が増える可能性があったからだ。

「俺は他人にそんな目を向けることはないですし、これからもそういう予定はありません。そんな浮かれたことをしている状況でもありませんし」

『なんだ堅いなぁ。面白くない』

それだけのことなのに、電話の向こうの研究長は何故《なぜ》かとても楽しそうだった。

「何度も申し上げますが俺と中尉の間にそういう関係性はありません。……上司と部下です。ただそれだけ」

『上司やら部下やら言っても年齢はほぼ同じだろう？　階級なんかもそうだが——あれだって、出身地も家庭環境も価値観も人間性も違う有象無象《うぞうむぞう》のガキ共を律するためにある形式的なものだ。構うことなどない』

確かにそうなのだが、とアズマは言い訳めいた感情を芽生えさせる。……形式は大事だ。

『一応忠告してやるが、あいつは苦労するぞ。何せそういう浮かれたことには恐ろしく疎《うと》いからな。ま、応援だけはしといてやる。あ、あと惚《ほ》れ薬《ぐすり》的なものの調合なら――』

「研究長」

話題を元に戻すため、アズマは敢《あ》えて強めの声を出した。

恐らくそういう声を聴き慣れていない研究長は黙った。

「お話は以上ですか？　俺もさほど暇ではないので、そろそろ切りたいのですが」

『分かった分かった。邪魔したのは悪かったが、そう機嫌の悪い声を出すな。お前はただでさえ、思い詰めやすい傾向があるから』

「思い詰めやすい……？　どういうことですか？」

『……まあ、それは追々、な。なんにせよ大尉、お前はカグヤと似合いではあると思うぞ。変な意味ではなく、な』

その言葉を最後に通話は切れてしまった。長々と話す割には切る時には何の躊躇《ためら》いもない。

最後に交わした話題については謎ではあったが――まあ、気にすることでもないだろう。

それより目下の問題は監視についてだ。

正直、非常に厄介ではあった。その人材はカローンに馴染《なじ》もうともしないだろう。最初から監視という名目で来ているのだから。

(いや、違うな)

アズマは直感していた。

監視のためだけに来る人員ではない。それなら今まで――カグヤが来るまで何もなかったことへの説明がつかない。カグヤについて探る目的なのだろう。以前のことは研究目的という事でどうにかギリギリ上手《うま》く行ったが、監査所に納得しなかった者がいるということだろうか。

(どっちにせよ面倒だ)と、彼は心の中で舌打ちした。

一―四

「――で、その新人ってのはどんな奴《やつ》なの?」

広間にて。カグヤ達は出向が来るという話をアズマから聞いた。

ざわざわとする中、コユキは常のような勝気な態度を崩さない。新入りの存在を疎《うと》んでいるのではなく、単に興味を持っているようだった。

「この間のは、結局どうにかバレなかったんだよね?」

「ああ、中尉が研究目的であるという報告書がギリギリ受理された。だいぶ辛《つら》かったが」

そのためのダミーの研究報告書も作った、とカグヤからも聴いている。

「じゃあ問題ないはずじゃないの?」

「それで納得しない者がいたということだろうな」

何故《なぜ》納得しないのか、誰が納得しないのかはまだ分からないが。

「で、肝心のそいつはどこにいるわけよ」

「もう着いてはいるはずだ。移動中に激しく車酔いを起こしたようで今は外気に当たっている。まあその、例によってミライ少佐の運転のせいだが」

またミライ少佐か——とカグヤは、というかこの場にいる全員が同じことを思った。

ミライ少佐の車は数か月前に炎上した。今は新車を迎えているが、運転方法は全く変わりがなく、常にトップスピードの限界に挑んでいる。はた迷惑なことに。

「着いて早々災難ですね」

「まああれは洗礼みたいなものだから……」

コユキは何かを思い出したように腕を抱きすくめる。全員漏れなく経験済らしい。

「じゃあ、その方ももうすぐいらっしゃるんですね」

言って、カグヤは扉の方に目を遣った。

無機質な扉——数か月前、自分もあそこから入って来たのだ。

その時はまだ、彼女もいた。

とても歓迎ムードとはいえなかった当時のカローンで、カグヤに唯一友好的に接してくれた、今はもう居ない少女。

技研《ぎけん》からの派遣だと知って自分を受け入れてくれたあの時の彼女のように。たとえ監視のために来た人間でも飾らずに接しよう、とカグヤは心に決めている。

「……あ」

ぱたぱたと、軽い足音が聞こえた。

足音は扉の前で止まる。音に気付いたコユキ達も扉の方を注視。その向こうに人がいる気配を全員が感じ取った。扉越しにでも分かる、凍てつくような空気。

考えて数秒もしないうちに、きい、と静かに扉が開く。

（どんな人なんだろう——タカナシ・ハル少尉）

わざわざ監視になど来る——針の筵《むしろ》と分かっていて飛び込んでくる彼女のその顔は。

扉が開いた。最初はか細かった開扉音《かいひおん》は、瞬《まばた》きもしない時間のうちに、堂々とした強いものに変わっていって。

開ききった後に現れたのは藍翠《あいみどり》の制服に身を包んだ一人の少女だった。

背中に届く碧《あお》いミドルヘアに、サクラと同じ翠色《みどりいろ》の瞳。表情は無く冷酷な印象すら与える。

面持ちは整っており冷徹。肌は雪のように白く、視線は一瞥《いちべつ》しただけで全てを凍らせそうに冷たい。クールビューティ、という表現が最も適切に思えた。

「直接会うのは初めてだな。少女——タカナシ・ハル少尉」

アズマの問いかけに、少女——タカナシ・ハルは応えない。

無視をしたというより、初めから応える気などない。そういう意思表示のようにもカグヤには思えた。ハルはカグヤにちら、と一瞥《いちべつ》を向けた後、すっとアズマの前に出る。

そして開口一番こんなことを言った。

「ピアス」

「……何？」

「そのピアス、戦闘時も着けていたわよね。どういう思惑があるか知らないけど、とても真面目にやっているようには見えないわ。今度から外していきなさい」

初手からの命令口調に、アズマは勿論《もちろん》カグヤ達も目を点にした。

「それに」と、彼女は空気を無視して続ける。

「ユメウラ・リンドウ少尉。以前、他隊の者とトラブルを起こしたことがあるわね。素行が悪い者は信頼されないわ。改めなさい」

「以前って……あれはあいつらの方から――」

あいつらから喧嘩《けんか》売ってきたんだ、と言おうとしているらしいリンドウを華麗に無視。

「アサハル・コユキ少尉。服装の乱れが多いわね。その制服だって勝手にカスタマイズしているでしょう。……特にスカートの丈。風紀が乱れるからなるべく早く治しなさい」

「は？　いやそっちのが短《みじか》……」

コユキは寧《むし》ろ呆気《あっけ》に取《と》られていた。初対面の人間に急に命令されたのだから当然だ。

「な、なんなんだ一体……」

アズマは呆《あき》れたまま問う。

そして彼女は、表情を全く変えないまま首を傾げる。

「あら。聞いてないかしら。タカナシ・ハル。今日からこちらに出向になった者よ」

「それは――聞いているが」

「そして、貴方《あなた》がたの観測者であり監視者。それ以上でもそれ以下でもない存在――」

わざとそんな風に言うハル。

「私は別に友達になりに来たわけじゃないの。前線で暴れるだけが取り柄の貴方《あなた》たちを監視――いいえ、管理するのが私の仕事。馴《な》れ馴《な》れしくするのはやめましょう」

暴言と捉えられかねないそれに、流石《さすが》のカグヤも硬直する。第一声がこれとは随分と印象が悪い――しかし直後に「以前の自分」も同じようなものだったと思い出して目を逸《そ》らした。

「タカナシ少尉」

熟考に耽《ふけ》りかけたカグヤは、アズマの一声に顔を上げる。

「貴女《あなた》の目的は知っているが、指揮権はこちらにある。無駄に輪を乱してほしくはない」

「ただ事実を指摘したまでのことよ。この程度で乱される輪ならば最初から価値なんてない」

その余計な一言で、険悪な空気が流れる。

「あっ、ああえっと！」と、カグヤはその空気を振り払うように立ち上がった。

「え、えっと初めまして。私、カローンの技術担当隊員のシノハラ・カグヤと申します」

カグヤはつとめて笑顔を保ち、ハルに近付いていく。

「タカナシ少尉は少し緊張しただけですよね！　私もそうでしたから分かりますよ。……とりあえず自己紹介だけでも……」

どう見ても苛《いら》ついているアズマや他の面々には目を向けず、カグヤはフレンドリーに、しかし馴《な》れ馴《な》れしくならない程度の態度を保つ。

たとえ相手が嫌な奴《やつ》でも、とりあえずは笑顔で接するのが礼儀だ。しかし。

「……お姫様扱いは楽しいかしら？」

甘やかな声で、まるで凍《い》てつく凍土のような言葉にカグヤは笑顔を引きつらせる。

「お、……お姫様？」

固まったカグヤに、ハルは追撃してくる。

「二か月前、貴女《あなた》は第二技術研究所に異動になりながら、許可を得ず前線に赴いている。ミライ・ユミ少佐の運転でね。お陰であの人の車は炎上した——貴女《あなた》の短絡的な行動のため、前線にどれだけ迷惑をかけたか分かる？」

氷を浴びせられたカグヤは再び硬直した。事実だから何も言えない。

「そ、それは少佐には既に謝罪済みで——」

「どのような目的があるかは分からないけれどね。私は貴女《あなた》のような人が一番嫌いなの。別に必要もないのに、覚悟もないのに戦場に出たりして、遊びみたいな感覚で戦うフリを、して平気な顔している人なんて」

「遊びなんてそんな……！」

「何が違うというのかしら」

ハルは妙に攻撃的で、カグヤは言い知れぬ困惑を覚える。

「技研《ぎけん》の研究者であることは分かるけれど。それなら後方にいればいいのではないの？　そんな貴女《あなた》の独善的な目的のために――」

「待て」

アズマが、今度は嫌悪感《けんおかん》を隠しもせずにタカナシ・ハルに詰め寄る。

「中尉に対して思うところがあるなら、まず俺に言え。中尉の言動の責任を持つのは今は俺だ。……それに貴女《あなた》の言い分は、俺たちにも礼を失している」

「思ったことではなく、事実を言ったまで」

ハルはアズマにも冷たく接する。面倒そうにさらりと髪を払った。

「重要監視対象であることは分かっていての行動でしょう。後先を考えていないのね」

「いい加減にしろ」

アズマのその顔を見て、カグヤは勿論《もちろん》他の隊員もぞっとした。凄《すご》めばなかなかの気迫がある。

「これ以上は看過できない。シノハラ中尉の言動については二か月前に報告書を提出してあるし、そちらが何か言う権利は——」

「あーいいですよアズマさん。それに関しては私に非があったので」

これ以上は暴力沙汰に発展しそうな気配がしたカグヤは、気にしない風を装《よそお》って笑ったまま二人の間に入る。

「えーと報告書でもあったと思うのですが、ほら、ええと研究目的で行ってまして」

「……ええ、目は通したわ。研究の理由も過程も結果も明記されていたわね」

「で、ですよね。だから——」

「でも結果が出ているのにまだカローンに居続けるのはおかしいと、そう思わないの？」

カグヤは言葉に詰まった。

それをハルは冷たい視線で見下ろす——彼女の翠色《みどりいろ》の瞳が冷然とカグヤを貫いた。

「それでもまだ出動を続けられているのはやはり特別扱いされているからよね。違う？」

「そんな——特別扱いなんてされていませんよ。私はカローンの仲間の一人です」

「……へえそう」

不意に彼女は、何かに耐え難《がた》いような複雑な顔をする。

表情筋が全く動いていないのに、カグヤには何故《なぜ》かそう見えた。

「とにかく貴女《あなた》は私達のことをまだ何も知らない——何も知らぬうちから決めつけるのは愚か者のやることです」

「……誰が愚か者よ。貴女《あなた》の内面までを知る必要があるとは思えない」

「……そうですね」

かつてのカグヤ自身にも当てはまる言葉だ。何も知らないうちからカローンを見下して決つけていた。――しかし、本当はそうではなかった。

「でも」カグヤはふっと頬を緩ませる。

「私達だって貴女《あなた》のことをまだよく知らないのです。これから知っていけばいいとそう思います。ほどほどの距離を保ち――いつかその距離を詰めていきましょうね。タカナシ少尉」

握手の手を差し出した。笑顔の握手を。

カグヤ達もハルのことを知らないのだ。たとえ最初の印象が最悪でも、きっと、アズマとかつてそうしたように距離が近付くこともあるだろう。

そう、きっと分かり合える。かつてカグヤとアズマが分かり合えたように――

「嫌です」

しかし、返った答えはそれだけだった。

「何度も言うようだけど、別に私は貴女《あなた》と友達になりたいわけじゃない。必要最低限の関わりしか必要ないの。業務上の範囲以上で貴女《あなた》たちを知る必要なんて全くない」

永久凍土のように固まった表情で、ハルはカグヤが差し出した手を冷たく見下げる。

「私は監視員としてここに来ているの。貴女《あなた》たちを監視し、報告し、管理する立場。それ以上の関係なんてない。……話は以上よ」

そして踵《きびす》を返《かえ》す。ふわりと碧色《あおいろ》の髪をなびかせて、他に誰にも話しかけることなく、彼女は広間を出て行った。

「……」

握手を無視されたのは二回目だ。空中に手を差し出してとんでもない顔で固まっているカグヤに、過去の負い目もあったのかアズマが怖々《こわごわ》と声をかける。

「あ、あの、中尉——」

「……どいつもこいつもっ……」

数か月前の出来事がカグヤの頭を過《よぎ》っていた。

自分から近づいて握手を求めた瞬間これだ。握手とはコミュニケーションの一つで、差し出されたら基本は応えるものである。それが最低限の礼儀というものである。それを二回も無視されたことでカグヤの脳内は大噴火状態だ。

「……まあ、いいでしょう」

しかし抑えた。がしっかり嫌な思いはしている。

「そっちがその気なら私も……！」

仕返しをしてやろうと思いかけて、いやそれは所謂《いわゆる》新人いびりに当たるのではないかとカグヤは思い当たる。逆は良くても。

「……その気なら私も……対抗してやりますよ」

あっちがどうしても自分を告発しようというのなら。意地でも無視するまでである。

あんなお高くとまったお嬢様になんか負けない、と。

間一　意図

一方。広間を出たハルは、誰にも声が届かない場所に来るとすぐ、端末を取り出した。

通話履歴の一番上にある番号、全体の履歴でも一番多い番号にコールする。

しばらくコール音が鳴って、やがて電話の相手が出た。

「お忙しいところ恐縮です」と謝罪。相手は目上の人間だった。

「特別編成小隊《カローン》にて、シノハラ・カグヤと接触しました」

『そうか』と相手は厳《おごそ》かに応える。どこか嘆息にも似ていた。

『情報統括兵科の監視員としてそこにいるが分かっているな？　お前の仕事は監視などではない。冤罪《えんざい》でもなんでもいいから口実をつけて、シノハラ・カグヤを監査所に引っ張ってくることだ。……報告書では研究が目的だとあったが、そんなわけがない。何かが必ずあるはずだ』

「勿論《もちろん》です」

アズマ達が予想した通り――ハルはカグヤを監査所に引っ張ってくるために来たのだった。

理由などなんだっていい。彼女をカローンから離せればそれでいい。

離したあと、カグヤがどうなるかは興味がない。多分色々されるのだろうが、ハルにとっては些事《さじ》だった。

だが、監査所が何故《なぜ》そこまでカグヤに拘《こだわ》るのかはハルにも分からなかった。そこまでして何《な》故《ぜ》あの少女を目の敵にするのだろうか。

先ほど話をした時も、問題を起こしそうな人間には見えなかったし、逆にそこまで価値のあるようにも見えなかった。

「あの——何故《なぜ》、彼女に拘《こだわ》るのですか？　確かに先日不審な動きはしていましたが、何かに害があるわけではありません。そこまで問題視されるようなことではない気が……」

『……タカナシ少尉』

電話の相手は少し機嫌を損ねたようだった。声の調子でハルはびくりとする。

『君はそういうことは気にしなくていい』

「……は、はい」

電話越しからでも分かる、機嫌の悪い様子にハルは冷や汗をかく。

『そんなことより、これが成功すれば君の目標は達成したも同然だ。私は約束を守る。君が望んでいる物も手に入るだろう——頼むぞ』

「……はい」

ハルがわざわざ彼等《かれら》の懐《ふところ》に入ったのは、監査所の人間だからだけではない。

彼女が叶《かな》えたい目標を達するためだ。そのための盤石《ばんじゃく》な布石を作るため。本当にそれだけだ。

望んでいる物——とは、それは情報。

《勇者》についての、その記録《情報》だ。混乱の最中、残っている数が少ない記録を手に入れるため——

「だとしても、苛《いら》つくことには変わりないわね」

誰かを陥《おとしい》れることを餌にするそのやり口には。

「……まあ、乗った私も大概だけれど」

他人のことは言える立場でもない。言っている暇もない。綺麗事《きれいごと》では何もなせない。

(綺麗事《きれいごと》は嫌い。それを貫こうとする人は特に)

だからこそ、彼女はこんなやり方をしている。だからそれ以外のことは考えないようにしよう——と彼女は改めて決意した。

電話の相手が何を考えているのか、彼女には分からないまま。

二　卑怯《ひきょう》

タカナシ・ハル。監査所から派遣されてきた監視員――

初っ端《しょっぱな》からカローンに馴染《なじ》むことすらしない彼女に、カローンのメンバーは反発した。コユキはあからさまに彼女を避け、リンドウは反発し、他にも緩い敵意を抱く者は多い。

当初のカグヤ達の予想通り、ハルは主にカグヤを標的にしているようだった。カグヤがこれまで関わってきた戦闘の映像記録を分析し、違和感や疑問点を抽出してカグヤとアズマを揺さぶってくる。

一方カグヤはそれに対抗しようとしていた。ハルに極力近付かないのは勿論《もちろん》、何を言われても動じることなく事実を説明し、いつ探られても良いようにやましいものは一切置かない。カグヤが常に携帯している《勇者》についての研究資料も、一旦アズマの下に避難させている。

ハルがいる期間はそう長くはないだろうと、カグヤは当たりをつけていた。中長期的な任務なら、もっと時間をかけて懐《ふところ》に入り、気を許させてから探るはずだからだ。

だから少し耐えれば、と思ってはいた。しかし彼女の影響は他の隊員にまで及び――カローン全体が、まるで教師に見張られているような形になっていた。

「——ほんと、勘弁してほしいですよ」

ハルが来た翌日。カグヤはアズマの部屋のソファでぐったりとしていた。

アズマは自室でそんな彼女を眺めている。一応お茶くらいは出してやってもいいと思ったが、勝手に入って来たんだからと割り切って机で書類仕事の続きをすることに決めた。

「料理中までじっと見てくるんですよ？　そんなの見て何を告発するっていうんですか」

「油の使い方が間違ってるから異動しろとでも言いたいんじゃないか」

「まさかそんな冗談——って断言出来ないのが嫌ですね……今日もコユキが色々言われてましたよ。スカートが短くて風紀が乱れてるって」

「風紀って……委員長か何かかあいつは」

カグヤがアズマの部屋にいる理由は、特別な何かがあるわけではない。

ただ、レポートを回収しに来ただけだった。《勇者》になりかけて還《かえ》って来た彼が書いている身体《からだ》についての簡単な報告書だ。

データでなく紙で求めているのは、カグヤ曰《いわ》く筆跡を見ているかららしい。ハルがいる以上広間でやるわけにはいかないので、わざわざ部屋に来ているのである。

（まあこれも見られているんだろうがな）

タカナシ・ハル——彼女は殲滅軍《せんめつぐん》の監査所から来た。

ただ彼女は、ただの監視員というわけではない、とアズマは看破していた。

歩き方で分かるが、まず体幹が強い。無駄な動きがほとんどない。アズマやリンドウやコユキほど動き慣れていないが、カグヤほどの素人《しろうと》でもない――そんな予感がしていた。

まあだから何だという話だが。

「ほら。終わったぞ」

考えながらも纏《まと》まったレポートを彼女に渡す。カグヤは怠《だる》そうにそれを受け取る。

レポートは一日一度だがその枚数は数十枚にも及ぶ。これはただの体調変化だけでなく、戦闘に関する記録なども一緒にまとめているからだ。それを、傍目《はため》からでも高速で捲《めく》る彼女は。

「ん……？」

ある一枚で眉を顰《ひそ》めた。

「……脈拍の上昇？　これ――どういうことですか？　脈拍の上昇って」

「ああ。自覚したのは最近だが――ある特定の条件下で、脈拍が上がっていることに気付いた。《勇者》になる以前はなかった症状だ」

「特定の条件下？　なんですかそれ？」

「あー……その、戦闘中とかそれ以外とか、あまり状況は問わないんだが」

と、珍しく歯切れ悪く、どこか弁解するように口を開く。

「特定の隊員と同じ空間を共有した時、という条件だな」

「特定の隊員？　誰ですかそれは？」

「……まあ結論から言えば、貴女《あなた》だよ、シノハラ中尉」

アズマは顔色変えず言い放った。

一方カグヤはぽかんとしている。

「脈拍だけじゃない。集中力の低下や理由の分からない高揚感、無性に湧く焦燥感と相反するような万能感——経験したことのない症状だ」

「高揚感と万能感……現実と無関係なアドレナリン放出、ということですか」

はっとしたカグヤは顎に手をやり、何かを考え始める。そして「まずいですね……」と何やら深刻な顔だ。

「これは——後遺症、かもしれません」

「後遺症……？」

「ええ。私を前にした時だけ現れるのでしょう。私と他の人の違いといえば、アズマさんの精神に介入したことです。だからこれは、二か月前の後遺症と考えるのが妥当かと」

「なるほどそうか——中尉は一時的に俺の精神に干渉しているからな。その意識の残滓《ざんし》が残っていれば貴女《あなた》を前にした時だけ異常が起こるのも当然というわけだ」

「麻薬的な症状が出るというわけですね。時間経過で治るといいのですが——」

カグヤはレポートをじっと見ていた。

「アズマさん、申し訳ないんですが、その症状についての具体的な経過を毎日書いてもらってもいいですか？　その時の状況と、詳細な変化まで」

わかった、と首肯する。アズマには簡単な話だ。

これに関しては、別に躊躇《ためら》うような話でもない。

「ああでも、折角ですし。今、少し実験をする必要がありますね」

カグヤはソファーから立ち上がり、つかつかとアズマの方に歩いてきた。

どこか楽しそうな気がするのは、自分の思い込みだろうか――

「なんだ？　何を」

「じっとしていてください」

そして彼女は、アズマに数センチのところまで一気に近づく。

身体《からだ》の動かし方を、その振舞や作法を知っているわけでもない彼女が。六年前からその第一線にいたアズマに、あまりにも簡単に接近している。

びくりと震えた。

――互いの息遣いまで感じられるほどの距離にまで。

彼女の、陶器のように白い肌と、興味の色を隠そうともしない薄紫の瞳が、触れられるほどの――いやそれ以上の間近にある。それも拒絶する間もなく。

カグヤと、いや女性とここまで近付いたことはアズマにはない。だからこそ絞り出るのは、情けないくらいにか細い声だった。

「……⁉　何、急に……」

アズマとカグヤは身長差があるから、カグヤの頭がちょうどアズマの首元にくる。

触れれば絹のように繊細な、その髪先。アズマは自分でも愚かだと思うくらい動揺した。

「この距離まで近づきましたが、どうですか？　何か変わりました？」

「何か、ってっ……」

急になんだいきなり。――と、抗議しようとした声は、ふわりと漂った甘い香りによって途中で封じられた。

普段は気付かないそれがどうしても鼻孔を擽《くすぐ》るのを、アズマは嫌でも意識した。それは女性に特有の、どこか甘い香り――香水の類《たぐい》はつけていないのだろうから、シャンプーの香りか、それとも彼女自身の。

どっちにしても冗談ではない。平静をこうも容易《たやす》く崩されるとは思ってもいなかった。

しかも――彼女は気付いていないようだが、どうして気が付かないのかさっぱり分からないが――当たっ、て、い、る。当たっているとはつまり、コユキ曰《いわ》く平均よりは質量とサイズがあるらしい、彼女の胸の部分が。

もちろん彼女は押し付けているわけではないことくらいは分かり切っている。要はそれほどに無防備なだけだ。触れていようがいまいがどうでもいいということか――

だがアズマにとってはそれどころではない。

胸の辺りで感じる双丘は柔らかく、そして暖かく、恐ろしいまでの刺激だった。残りの理性をほとんど持っていかれていた。

「ん？　どうしましたアズマさん」

聞いているのに何も言わない。そんな態度に不審になったらしいカグヤは目線だけでアズマを見上げる。所謂《いわゆる》上目遣いというやつで。

彼女の薄紫の美しい瞳は、寝不足か疲れかほんの少し潤んでいて――あくまで無邪気な知的好奇心でこちらを見る視線に、アズマは思わず目を逸《そ》らす。

「え？　大丈夫ですか？」

「……少し調子が、悪い気がする」

カグヤは眉根を寄せて心配そうな顔になった。

その顔からも無理矢理顔を逸《そ》らした。心臓に悪い。

「ああ……確かに、そうかもしれませんね。アズマさん、一度健康診断に行ってみては？」

「何？」

「さっきから聞こえていたんですけど、脈拍が本当に高いです。脈拍の上昇だけでなく発汗。それに結構緊張されてますよね？　心臓か自律神経に問題があるかもしれません」

「そ――そうだな、申し込んでおこう」

そうじゃない気もするが、現段階のアズマにはそれ以外に可能性が見当たらなかった。

そしてカグヤはアズマからあっさり離れる。

「じゃ今度は遠くに行ってみますね」と、彼女はアズマの部屋の端まで行った。アズマの部屋はかなり広いので、端に行けばそれなりに小さくはなる。

「どうですか？」

「どうですかと言われても……」

先程よりはだいぶマシになったが。

「というか、貴女《あなた》の姿を目にしただけでも症状が出る。近付けば近付くほど強くなるが」

「なるほど。距離で変わるものなんですね」

カグヤはそのままこちらに近付いてくる。

「すると、ちょっと問題ですね。普段はともかく戦闘中に同じ現象が起こるのは良くないし。なるべく近付かないようにしましょうか？　少なくとも治るまでは」

「い、いや。それだと本末転倒だ。まあ脈拍が変わると言っても多少の話、集中力は削《そ》がれてはいないし、戦闘にも支障は出ていないだろう」

「それなら良《い》いのですが――でも、早めに対処しないといけませんね」

カグヤは何故《なぜ》か頑《かたく》なだった。

「普段ならともかく、戦闘中にアズマさんがそんなことになれば隊員全員の命を危険に晒《さら》しかねません」

少し言葉に詰まる。勿論《もちろん》これでは支障は出ていないが。

「ですが有効な手段がないのも事実。……仕方ありません。少し強引ですが、ここはショック療法しかないでしょう」

「ショック療法」

「ええ。治すことはまだ出来なくても、慣れさせることはできますから」

そう言ってカグヤは再びアズマに近付き、彼の右手を包み込むように両手で触れた。

「――ッ!?」

突然感じた暖かさに彼は一瞬跳ねかけた。

手越しに感じるその手は華奢《きゃしゃ》で、少しだけ冷たい。男の身からでは信じられないほどに小さくか細い、しかし少しマメや擦り傷も出来ていてか弱くはない、彼女自身を現したかのような手だった。だがそんなことは正直アズマはもうどうでも良くなっていた。

手触りと温度が――

いや、だからなんだという話だが。

「接触を増やせば次第に慣れてくるでしょう。それなら、いざ戦闘中に発作が起こってもさほど問題ないんじゃないでしょうか?」

「……離してくれ……」

「あ――すみません。辛《つら》いですか？　急にやるのはよくなかったですかね……」

彼女が手を離して、アズマはようやくまともに息がつけた気がした。

まだ温度が残っている。

——だからなんだという話だが！

「まあでも、良かったです。ようやく変化が出ましたね。なんもないのかと思ってちょっと焦《あせ》っていたんですよ」

「そ、そうか——それは、なにより」

一方アズマは深呼吸をしていた。今あったことを全て記憶の彼方《かなた》に葬《ほうむ》りたい。そして出来れば二度と思い出したくはなかった。

無理に追いやった後、ひとつ息をつく。カグヤはあくまで善意でやっているのだ。決して何か意図があってのことではない、と自らに言い聞かせる。

「はぁ……だが俺の件もあるが、中尉も一度《勇者》になりかけたのが分かったんだろう。少しは何か変わったりはしないのか？」

「私もそう思ったんですが、どうもそう簡単にはいかないようで」

アズマと目を合わせたカグヤは困ったように笑った。

「何も変わらないんですよね。まあ知らずに生きていたくらいですから実はそれほど大きな影響があるわけではないのかもしれません」

でも、と。カグヤはまた少し眉尻を下げて笑った。

「アズマさんは大変ですね。自分から常に『卵』の鼓動が聞こえてくるんだから」

「……あぁ、まあな。だがもう慣れたよ」

身の内から響くこの鼓動も、付き合い方を覚えれば苦痛でもない。戦闘後、眠れない静かな夜に少し聞こえる程度だ。

「自分の中に心臓が二つあるような——そんな感覚がしてとても気持ち悪いけどな」

いやそれ以上に、自分の中に異物があることがどうしても——今になっても受け入れ辛《づら》かった。特に、憎悪《ぞうお》をぶつけていた相手だったのだから。

「……中尉は気持ち悪くならないのか？　《勇者》の卵なんかがあること」

「？　いいえ、全然。七年も気付かなかったんですから」

と、しかし、彼女は鷹揚《おうよう》だ。

「けれど、私達をこんな身体《からだ》にした《女神》——そして《勇者》」

様々な感情のこもった声音で、カグヤは呟《つぶや》く。それは嫌悪《けんお》であったり憐憫《れんびん》であったり同情であったりと、決して一言では言い表せない感情だった。

「せめて彼等《かれら》の正体だけでも、成人する前に知りたいものです」

「あいつらの正体——考えたこともなかったよ」

カグヤが来るまでは。

《勇者》とはどこから来て、何のために破壊を尽くし、そしてどこへ向かうのか。

三十年前——西暦2030年に突如として現れた化け物、通称《勇者》。三十年の月日を経ても、《女神》によってそうされることや、未《いま》だ元人間であることくらいしか分かっていない。

「だがこういうのは、俺はそこまで詳しくはないが、出現当初に何か兆候があるものだろう？　三十年前の記録を調べたら何か出るんじゃないのか」

「……それがですねえ……」

カグヤの声が急に低くなった。何かに辟易《へきえき》しているような。

「三十年前の資料……全ッ然残ってないんですよっ……！」

「残ってない？」

それは不自然だ、と流石《さすが》にアズマにも分かる。察したカグヤは弁明するように手を振った。

「ああもちろん全部ではないですよ？　《勇者》関連のものだけです。まあ、混乱していて記録を残せるような状態じゃなかったのかもしれませんが」

当時のこと——三十年前のことは勿論《もちろん》アズマは知らない。

だが当時から子供にしか見えない状態であったなら、対抗手段はとても限られただろう。見えていない以上、自衛隊すら動かないのだから。

「……子供にしか見えないから、じゃないのか。数年は何も出来なかったはずだ」

「それでも、子供でも記録くらいは出来ます。それに子供でなくても、誰かが撮った写真に映りこんだりとか——そういうことがあってもおかしくないのにそれもない」

写真や映像に映った《勇者》もまた、未成年にしか認識できない。

「……《勇者》の名前の由来はアズマさんも知ってますよね？」

「ああ。確か最初に出た奴《やつ》が、アニメの『勇者』に似た見た目をしてたからだったか？」

アズマはそう聞いている。《女神》もそこから連想されたそうだ。あまり関心はないが。

「それがどうしたんだ」

「それって——誰から聞きました？」

思わぬ問いに眉を顰《ひそ》める。

「誰って、そりゃ……年長の誰かだよ。覚えてはいないが。何故《なぜ》そんなことを？」

名前などどうでもいいのではないかとアズマは思っているが、彼女はそうでもないのだろう。

「実はですね。その最初に出た奴《やつ》の情報がなくて探してるんです。《勇者》の姿も、起こしたであろう被害も」

だから最近徹夜などしていたのか、とアズマは納得する。

ただ、無いのはまた不自然だとは思った。たとえ当時に記録が難しかったとしても、後から回顧して書くということは出来るはずだ。しかし。

「もう三十年前だからな……無くなっている記録があっても仕方ないだろう」

「です、かね……」

カグヤは残念そうに黙ったが、それ以上何かを言うことはなかった。

「中尉——」

「……ねえ、アズマさん」

黙ったカグヤは、不意に窓の外を見て後ろ姿だけで呟《つぶや》く。

「私達が二十歳《はたち》を越えて《勇者》が見えなくなっても、ずっとこんな日々が続けばいいですね」

「……どうしたんだ急に」

「いえ。ただ、私達もいずれは見えなくなってしまうし……私達が繋《つな》がっている理由は《勇者》ですから、《勇者》が見えなくなったらきっとバラバラになると思うんです」

そのまま軍に残る者と、外に出て行く者。カローンの場合はどうなるか分からないものの、それでも道はいつか違えていく。同じ時を過ごすことはなくなる。

「縁遠くなってしまっても、たまにこんな風に集まって、そうですね、お酒なんか飲めたらいいですよね。ミライ少佐や、数年経《た》ったら研究長やマリちゃんも一緒に」

「心配か？」

え、とカグヤは振り返る。

「皆が生きてそれぞれの道を選ぶならそれでいい。だが中尉が心配しているのはそういうことではないんだろう」

「……ええ」

これ以上、誰かが損なわれないこと。

誰も死なず、《勇者》になることもなく。今いる全員が生きたまま。

「サクラがああなった時、私は彼女に希望と言われました」

アズマが緩く目を瞠《みは》る。彼も以前、同じことを言った。聞こえてはいなかったはずだが。

「だから私はもう、誰も——誰にも絶望を味わってほしくないんです。《勇者》を含めた全員、救いを求めている者は誰一人として」

陽《ひ》が沈みかける中、カグヤは相貌を崩す。

夕日がバックになって、彼女の緋色《ひいろ》の髪がその光に染まって、とても幻想的な光景だった。

「もし彼等《かれら》が救いを求めているのなら、それに応えるのが私の義務です」

尊大なことだ、とアズマは心の隅で思う。誰も彼もを救うなんて、そんな綺麗事《きれいごと》をそのまま望めるような、恵まれた環境にずっといたのだろう。

むろん、それが悪いとは思わない。だからこそ彼女は希望なのだから。

しかし、と一方で思う。彼女が掲げているそれは、とても尊くて、だからこそ危うく、そして犠牲を強いるものだ。アズマはその犠牲を受け入れる覚悟があるし、責任がある。他の隊員も聞けば同じ答えを返すだろう——

返すだろう、という勝手な前提が、憶測が。特別扱いになるのだとしても。

「義務、か。一人の手で全てを救おうとする気なのか？」

「ええ。私なら可能だと、そう思っています」

それを、カグヤはあまりにもあっさりと言う。まるで不可能などないかのように。

「だから──私がいる限り、もう誰も取りこぼしませんよ、大尉」

「……そうだな」

その笑顔に、アズマは何故《なぜ》か不安を抱いた。

誰も取りこぼさない、というのは簡単なようでこれ以上に難しいことなどない、修羅の道だ。カグヤがそれを知らないはずがない。それでも抱え込もうとするのだろうか──

「こっちも……俺がいる限りもう誰も死なせない。サクラのような犠牲ももう出さないよ。もちろん、貴女《あなた》も、俺も。あのタカナシ少尉もだ」

ならば自分も、弱音など吐けないと思った。

「そうだな、《勇者》は──難しいが、出来るだけ努力はしよう」

「ありがとうございます。……お願いしますね。アズマさん」

二─二

『今日の関東の天気は快晴。お昼から暖かい気候が続き、最高の外出日和《びより》です。お買い物や公園など、今日は様々な場所に──』

快晴の天気予報が全国を駆け巡る中、極一部《ごく》ではその報道と正反対の光景が繰り広げられていた。東京都内――住宅街に鎮座する広い公園の中央で。蟲《むし》の翅音《はおと》と女性の悲鳴を混ぜ合わせたような叫喚が響く。

砂塵《さじん》が躍っていた。ごう、と吹き荒れる風の中に砂粒が混ざり、公園のほとんどを取り巻いて周囲を蹂躙《じゅうりん》している。

砂嵐の中に入ろうとする者はその豪風で拒絶し、一度中に閉じ込めてしまえば身動きすらも許さない。そんな危険区域に、カグヤをはじめとするカローンのメンバーはいた。

全員がフード付きの防護服とゴーグルを着用している。視界不良の中、砂塵《さじん》の中央に陣取る異形《いぎょう》――《勇者》を認識。

始めはただの小さな風だったという砂の猛威は、時間が経《た》つごとに強くなっていって、数十分もした頃には立派な砂嵐に育っていた。一陣目はカローンを歓迎するかのような強靭《きょうじん》な拒絶。

二陣目で、砂嵐はその範囲に収まらない場所まで攻撃するようになった。

『シルエットしか見えないな。コユキ、見えるか？』

『見えにくいけど、見えないわけじゃないわ』

砂嵐の外から、スコープを用いてコユキが探す。

『変な見た目ね。砂で出来たお城みたい……』

コユキの声を聴きながら、カグヤは同じ方向に目を遣《や》る。言われれば城にも思えた。

『アズマからはちょうど一時方向にいるわね。大きさは三メートルがいいところかしら』

『了解』

コユキが伝えた情報をもとに、アズマはほんの一瞬間を置く。そして何かを感じ取ったのか、淡々と、そして静かに呟《つぶや》いた。

『──「卵」は実体上部、コユキの言う砂の城の頂上部分だ』

ん、と軽く返事をして、他の面子《メンツ》はそれぞれ散っていく。

臆せず突っ込んでいったリンドウ。敢《あ》えて砂嵐の外、公園近くの団地（半分崩壊したまま手つかずの廃墟《はいきょ》）に留《とど》まり、《勇者》の位置や動きを確認し報告するコユキ。ハルは、外で待機しているはずだ。

カグヤは例によってアズマと一緒にいた。風によって少しバランスを崩しながら。

突入するまで気が付かなかったが、この砂嵐の中に長物の武器は相性が悪かった。嵐の時に開いてしまう雨傘のように、うまくコントロールできない。

アズマはそれを少し気にしたようだったが、すぐに前を向き直る。

「俺の後をついてこい、中尉。砂除《すなよ》けにはなれるから」

「はい！」

勇者出現

???

(??)

出現場所：東京都内

個体：《魔導士型《ウィザード》》と推定

荒れ狂う砂塵により、
あらゆる者をよせつけない《勇者》。
その歪な体型の中にそびえる砂のお城は力作だ。そこで大切に守られているのが偽りのお姫様だということは、本人も知らない。

勢いを増す砂塵《さじん》に突っ込み、瞬時に視界が支配された。ゴオオオと荒れ狂う砂の中、頼りになるのは無線による指示だけだ。

不意に風音が大きくなり、砂嵐が激しくなった。同時にカグヤも飛ばされそうになる。

「こ、これじゃあまともに動けませんね。アズマさん、私を——きゃあ!」

「しっかり捕まってろ」

「ちょ、ちょっと! それやる時は先に教えてくださいって言ったじゃないですか!」

カグヤはアズマに再び俵持ちにされていた。腰のあたりに手を回されて、しっかりと固定される。こうなってはアズマの意思なしに降りることはできない。

「ああもう……!」

彼は地を蹴り、走った。カグヤの歩みに合わせなくてもよくなったからか、まるで野生の獣のように速くしなやかに。

しかしその上のカグヤはたまったものではない。上下左右に振り回されて目をぐるぐるしている。吐かなきゃいいが、と場違いなことを考えた。出撃する直前にナポリタンを四人前も食べたことを後悔する。

場所を知っているアズマは、迷いなくその方向に向かう。防護服の中に入ってくる砂粒の痛みに耐えながら、カグヤは眼前に砂の城を見た。

「あの中に……!」

《勇者》の卵は、むき出しではなく砂の城に護《まも》られて存在しているようだ。大きさは一メートルほど。砂嵐に紛れて見えにくいものの、そこが本体だとすぐにわかった。荒れ狂う砂嵐の中、まるで風など感じていないかのように佇《たたず》む、繊細で、しかし今にも崩れそうな。

もう少し近付く必要がある。アズマはしかし、近付こうとして――

「……わ!?」

何故《なぜ》か、そこで立ち止まった。何事と彼の顔を覗《のぞ》き込むが、当然顔が見えるわけもない。

「アズマさん？　大丈夫ですか？」

「……いや、問題ない」

右目――に当たる部分を押さえていた。何か痛んだかのような声の彼に、カグヤは心配になる。ちょうど押さえているそこは、卵がある箇所だ。

「まさか、《勇者》の卵が何か――!?」

「大丈夫だ」

彼はすぐに手を離した。何かを忘れようとするかのように一つ頭を振る。

「それより、中尉。至急全員の位置を確認してくれ。誤射するわけにはいかない」

了承しながらも、カグヤは少しだけ戸惑う。

視界不良の中なのだから誤射を恐れるのは当然ではあるが――アズマは《勇者》と人間の区別もつかないほど愚かではない。

そもそも彼は卵の音を聞けるのだからその心配もあまりないのに。

「シノハラ・カグヤより各位。アズマ大尉の代理で連絡しています。現在視界不良のため、各人員の場所を正確に教えてください」

声に、それぞれ返事が返った。リンドウはアズマのほど近く。

コユキは小銃型のクロノスを構えて同じように砂嵐に入ったようだ。他の人員も、場所や程度に差はあれど、全員中に入っている。

――ひとりだけ、確認できない者がいた。

「タカナシ少尉？　聞こえていますか」

ハルだけが応答がない。

「タカナシ少尉。今どこに？　確か外で待機と――」

無線のチャンネルでハルのみをフォーカスする。

初陣《ういじん》の彼女は砂嵐の外にいるはずだ。だが無線越しに聞こえた。ざあああっと、砂が暴れる音を。決して遠くではない。すぐ傍《そば》にあるような聞こえ方だ。

「ちょっ、まさか入って来たんですか⁉　そこに居るように言われたじゃないですか！」

『……ッ、こんなのそよ風のようなものだわ』

ハルの声は気丈ではあったが、少し無理をしているような、危うい声だった。

『それより、貴女《あなた》はどこにいるの？』

「私のことはともかく、大丈夫なんですか⁉　もしそっちに《勇者》がいたら……！」

『私は問題ない。このくらいなら平気よ』

彼女が平気だと言う根拠が分からず、カグヤは不安に駆られる。

「アズマさん！」彼の背中に声をかけた。

「タカナシ少尉が――」

アズマは舌打ちを隠さなかった。珍しく苛々《いらいら》したように。

「ここに一人で突入するのは危険すぎます！　迎えに行かないと」

「……放っておけ」

苦々しい息を吐く彼は、どこか憔悴《しょうすい》しているようにも見えた。それをどうにか忘れようとするかのように、固い声をかける。

「独断行動に構っている暇はない。それに、《勇者》に近付かなければ死ぬこともないだろう」

「でも――」

「貴女《あなた》はどっちを助けたいんだ？」

砂嵐の中でもよく通る声だった。

「《勇者》か、それともタカナシ・ハルか。どちらも救うことは不可能だぞ。砂嵐はどんどん大きくなってきている」

「――それは」

アズマの言う通り、砂嵐はその強さを増している。ハルを迎えに行ってから《勇者》の元へ行くには遅すぎる。

だが、ハルは独断で入って来たのだ。

周囲全てが視界不良の場所に一人で突入するのは危険。ハルも愚かではないだろう、そのくらいは分かっているはずだ。

分かっていて来たのだから。確かに構う道理はない。

「……すみません。行きましょう」

・・・

行きましょう、とのカグヤの声。

実質見捨てるような言葉だが、無線で聞いていたハルは驚きもせず、腹も立たなかった。それだけの覚悟があってのことだったからだ。

(——この機を逃すわけにはいかない)

彼女の初陣《ういじん》は幸いなことに砂嵐。視界不良で、カグヤも辺りを気にする暇などないはず。一体彼女が何をしているか、それだけでも探ることが出来れば。

荒れ狂う砂塵《さじん》の勢いからして、どうも中心に向かっているようだ。当然だが中心に行けば行くほど風も砂粒も強くなる。

砂嵐の中はとにかく、痛かった。防護服を着ていても、目に砂が入らないというだけでそう変わらない。普段は意識することもないただの砂が、今は無数の針のように攻撃的だ。

ごおおと風が吹き、ふとすれば方向感覚すら見失いそうな中、一歩ずつ歩みを進めていく。カグヤとアズマのいるところまで。その真実を目に焼き付けるために。

(二人に意識されていないなら僥倖《ぎょうこう》だわ。もう少しで——辿《たど》り着《つ》く)

強烈な風にも負けず、足を前に出し続ける。止まっても進んでも痛いのだ。なら——進むほうがマシだ。

ハルには確信があった。彼等《かれら》は嘘《うそ》をついている。

研究目的だかなんだか知らないが、戦場に行くことが研究目的だなんてそんなの、嘘《うそ》に決まっている。彼女は行く必要もないのに。城で護《まも》られているお姫様が、兵と同じ立場になったってなんの意味もないのに。

(絶対に何かがある——)

そして何歩目かで、ハルの視界に砂以外のものが映った。いや、正確には砂だが——何もかも吹き飛ばす砂嵐の中にあるには不自然なものだ。

「……砂のお城」

子供が作るような砂城が、少しも崩れずにそこにあった。城のデザインはとても精緻かつ豪華で、こんな砂嵐の中で作れるようなものではない。

無言でハルは、彼女の武器――普通のナイフを取り出した。《勇者》は勿論《もちろん》《女神》にすら傷一つ付けることのできない、金属製の、しかし彼女の手には慣れたもの。

構えはしたが不用心に近付くほどハルは愚かではない。慎重に観察しながら、唇を触れる程度に噛《か》み締《し》める。《勇者》というのは彼女にとっては、憎悪《ぞうお》であり恐怖の対象でもあった。

――そして、軽蔑の。

自分一人では殺せない。その屈辱を堪え、せめて弱点でもあればと見つめる彼女を、しかし襲ったのは――ガァンガァンと砂嵐でもよく響く、二発の銃撃音だった。

反射的に伏せるその上で、その弾が砂の城に当たったのを見た。一瞬崩れたものの、砂はまるで生きているかのように自動で修復する。

だがそれは明らかに自分を狙ったような弾道だった。そして銃を撃つといえばコユキかアズマくらいのものだが、ここにいるのは――

(何⁉　アズマ大尉⁉)

伏せたまま弾が来た方向に視線を向ける。城を挟んで反対側にいるアズマは本当に驚いているような、蒼白《そうはく》な顔をしていた。自分が攻撃したというのに。

まさかアズマ大尉がわざと撃ったとは思えない。間違ったのだろうか。

しかし疑問をいだいている場合でもなかった。別の人影が現れたのだ。緋色《ひいろ》の少女。

「ッ⁉　どうしてここに⁉」

カグヤの声がすぐ傍《そば》からした。どうしてここに。その表情がそう語っている。

彼女の瞳に、何か葛藤のようなものが揺れたのを見た。しかしその葛藤は一瞬で消え、彼女は持っていた武器を――かつてアラカワ・サクラが使っていたという棍《こん》を、彼女の体躯《たいく》には似合わないそれを思い切り、城にぶち当てた。

「なっ……⁉」

どう考えても有効打ではない攻撃だ。銃弾ですら効かなかったのに。

「ちょっと、そんな攻撃――ッ、」

伏せた状態から顔を上げてカグヤに声をかけるも、彼女は何も応えない。その様子を見てハルは何かを悟った。

瞬《まばた》きもしていない。

停止している。

一目見て、それが異常事態であると分かった。「フリ」で止まっているのではない。瞬《まばた》きもせず、目はどこを見ているかも分からず――呼吸すら止まっている。

「し、シノハラ中尉……⁉」

声をかけても返事もしない。まるで、そう、死んでしまっているかのような――

・・・

棍《こん》を振り抜いた直後にはもう、彼等《かれら》の世界に来ていた。

振り抜いた勢いのままべしゃりと転ぶ。土の感触が膝に痛かった。

カグヤは防護服姿ではなかった。何故《なぜ》か私服のまま、晴れた天気の下に放り出されている。

「ここは――公園？」

勿論《もちろん》砂嵐は存在しない。しかし砂ではあった――住宅街にあるような小さな公園の砂場だ。少し離れたところにブランコがあり、鉄棒がありジャングルジムがあり、使い方の分からない謎の遊具がある。しかし人は誰も居なかった。

天候は快晴で、爽やかな風が吹く公園日和《びより》にもかかわらずだ。しかし精神の世界とは、本来「他者を寄せ付けない」ものである。彼等自身《かれらじしん》の内面そのものなのだから。

（まず当人の姿を見つけないと）

カグヤはその世界をさっと見渡した。公園の他には何もなく、ただ荒野が続いている。

だがそれも万全ではなかった。細かい場所までよく見れば、例えばブランコの柱などにはころびが生じている。砂場を中心として端に行くほどに粗が目立ち、逆に砂場は砂の一粒一粒まで丁寧に作り込まれていた。

そしてそこに、やはり、居た。

【ねぇママー】

間延びしたような甘えた声。

【そんなとこいないでこっちでお城作ろうよー】

カグヤの方を見て言ったので、一瞬面食らったが、彼女の背後から――それまで誰もいなかったのに――女性が現れる。《勇者》の世界に唯一存在を許される、《女神》が。

【はいはい。もう、ゆーくんはわがままなんだから】

【えっへへ。やったー！】

仲睦《なかむつ》まじい親子の姿がそこにあった。三歳くらいの子供と、三十代ほどに見える女性――母親らしき女性の姿が。女性の方はまるで作り物のような笑みを張り付けている。

臆さず、カグヤは近付く。一陣、風がさわりと吹いた。

「お、楽しそうですね。私もまぜていただけませんか？」

と、カグヤは子供に話しかける。子供は眉を顰《ひそ》めてカグヤを見上げた。

「私はカグヤ。シノハラ・カグヤ」

まだこの時点では、不審ではあるが不快ではない。子供は警戒心が無くて大変扱いやすい。

そして彼女は、子供と同じ目線になる。目が合って微笑《ほほえ》むと、子供は少し目を逸《そ》らした。

子供は御《ぎょ》しやすい。そして人生経験が少なく、心を開かせるのも難しいというほどではない。

「君の名前は?」

聞くと、彼は少し戸惑ったようだが、やがてか細い声で「雪《ゆき》」と名乗った。雪《ゆき》――砂嵐には到底似つかない名だ。

カグヤはちらりと母親に視線を遣《や》る。《女神》は冷たい、刺すような目をカグヤに向けていた。邪魔な蟲《むし》でも見るかのように。

「雪《ゆき》君、というんですね――」

カグヤは彼の黒水晶のような瞳を覗《のぞ》く。雪《ゆき》という字面《じづら》にはこれまた合わない漆黒と目が合う。

「――少し、お話ししましょうか」

カグヤは決して子供の扱いに長《た》けているわけではない。今の彼の興味が砂の城作りに向いているのは知っているが、それでも話しかけ続けた。

カグヤは相手のことなど知らないし、相手もカグヤのことなど知らない。

けれど――やはり子供は敏《さと》い。

カグヤに敵意がないことはすぐに分かってくれた。未《いま》だに異物を見るような目ではあるが、それでも、「お姉ちゃん」と呼ばれるまでにそう時間はかからなかった。

人は初めて会う人間のことを容易《たやす》く信用しない。本当は長い時間をかけて信頼関係を育んでからではないといけないのだ。しかし外で戦っている者達のことを考えるとのんびりはしていられない。カグヤは今あるもので分かりやすく、そして敢《あ》えて触れなかったものについて、話題を変えた。好きなお菓子の話から、なるべくスムースに。

「このお城……すごいですね。貴方《あなた》が作ったんですか？」

【まあね。僕こういうの得意だから】

カグヤは感心してその城に目を遣った。

確かに得意なのだろうなと分かるクオリティだ。大きさは三十センチほどもあり、装飾は非常に精緻。水で濡《ぬ》らして固めてありどこも崩れておらず色でも塗れば本物の城のようだ。

「いつも一人で？　これを？」

【いや。いつもはママが手伝ってくれるよ】

「そうなんですね。ママは今日——どこに？」

え、と子供は眉を顰《ひそ》めた。

【あれ……そういえば、なんでいないんだろう。さっきまでいたのに】

「雪《ゆき》君は今日ここには、一人で来たんですか？」

【え？　そんなわけないよ。一人で勝手に出かけちゃ駄目っていつも言われてるし】

「でも今、一人じゃないですか？」

【それは——】

そして彼は、今の状況以前のことに思考を向けようとした。甘い夢の、仮初《かりそめ》の城の、その前にあったことを。

カグヤは少年の方を向く。妙なものを目の前にした表情をしている彼は、仮初《かりそめ》の太陽光を背中に浴びて逆光となった彼女の——その気迫に少し押されたようだった。

目の前の女はただの変な奴《やつ》じゃない。瞳がそう語っている。畳みかけるようにあくまでも優しく、カグヤは問う。

「思い出してみてほしいんです。貴方《あなた》はさっきまで何をしていましたか？　砂遊びの前に。ここに来る前に」

【何、ってそんな】

いくら意味の分からない問いであれど、聞かれたら答えようとしてしまうのが子供の性というものだ。彼は考え込んで、みるみる不審な顔になっていった。

【僕、病院にいたはず……なんでここにいるの？】

「……どうして病院に？」

【どうしてってそりゃあ】

子供はそこで、言葉を停止した。何かを思い出してしまったらしい。表情が、まるで時間が停止したように凍り付き、ショックだったのか後ろに尻もちをつく。その衝撃で砂の城が崩れた。あと一歩だと、カグヤは追い討ちをかける。

「そこにお母さんはいましたか？」

少年の記憶にカグヤの声が入り込み、覚醒に導いていく。もう手遅れになってしまったけれど、それでもなお、逃げるのを許さないと追い詰めるかのように。

【そうだ――ママはあの時……】

あの時。

キキーッと、公園に似つかわしくない金切り音が響いた。それと同時に視界の端に――ブランコがあった辺りに、一台のトラックが突っ込んだ。砂埃《すなぼこり》の中、カグヤはそれに目も向けなかった。ただ、精神世界に混乱が生じている。記憶の混乱――彼が徐々に思い出してきていることは分かった。

【あの時僕と一緒に、えっと、車にぶつかって……僕は……僕は】

声の質が変わった。子供らしい甲高い声から、声変わりを終えた低い声に。

「……それで、どうしましたか？」

彼はいつの間にか、カグヤと同い年くらいの少年の姿になっていた。

ミライから既に最低限の情報は得ていた。この近辺で亡《な》くなった未成年は十六歳だ。

周囲の光景が、砂場がふっ、と消える。代わりに現れたのは道路だった。この辺のものではない大通りだ。道路は誰かの血で赤く染まっており、その誰かというのは、横たわる一人の女性。小さな子供もその隣に倒れていた。彼も頭から血を流し、意識を失っている。

少年はそれを凍り付いたような瞳で見ていた。

そして自らの喉を締め付けるように押さえる。

【なんで僕の声……】

声変わりをして随分経《た》つはずの彼は、己が発した声に恐怖の表情を浮かべる。まるで、長い間声など出していなかったかのように。

再び捻《ねじ》れるように光景が変わっていった。悲劇の事故現場から白い部屋に。

一人の子供がチューブで繫《つな》がれベッドに寝かされていた。チューブの位置や色などはてんでばらばらで、周囲に看護師も医者もいない。

ただ、彼の隣に置かれたサッカーボールだけが年月の経過を表していた。そして敏《さと》い彼は、その経過の意味するところにすぐに気が付いたようだった。

「……恐らく十年近く、というところでしょうか」

カグヤは少年にそっと近付く。

カグヤは彼のことをほとんど知らなかったが、その様子から彼の置かれていた過酷な状況は察せられる。

事故後に命は助かったが、植物状態になっていたのだろう。そして目覚めぬまま何らかの原因で死に突き進み、瀕死《ひんし》となったのだ。だから彼の心はまだ子供のまま。

十年と聞いた少年のその時の表情に、カグヤは胸を打たれる。部外者のカグヤですらよくわかる。その現実を受け入れるのはとても苦しいものだろう。

けれど受け入れてもらわなければならないのだ。

それが彼女の役割なのだから。

「薄々——分かっているとは思いますが。貴方《あなた》は目を醒《さ》ましたわけではありません」

くるくると変わるこの世界の中で。とても現実とはいえず、夢にしては苦痛に過ぎるこのまやかしの中で。

「貴方《あなた》は今、人間ではなくなっているんです」

ゆるりと、彼の視線がこちらを向いた。絶望に更に絶望を重ねられ、彼の心はきっと許容量を超えようとしている。

「私は貴方《あなた》を止めるために来ました。外で暴れてしまっている貴方《あなた》に」

【僕——待って、どういうこと？】

男性的な、しかし壊れそうな声で問う。

【あばれてるの？　僕】

カグヤは黙って頷《うなず》いた。実際は暴れているなんてものではない。砂嵐は既に何人かの人間を巻き込み、更に大きく膨れ上がろうとしている。

【え、でもそんなの嘘《うそ》でしょ？　だって僕ずっとここにいたし。夢とかだよねこれ。いつ目覚めるの？】

悲痛な問いに、カグヤは答えられなかった。

彼はもう目覚めない。《勇者》に成り切る前ならあるいは可能だったかもしれないが、それでも植物状態であることに変わりはない。

泣き始めた――子供のように――彼に、カグヤは少し迷ってそっと抱きしめる。

「……ごめんなさい」

口元で小さく囁《ささや》かれたその謝罪は、彼には聞こえていなかったようで、カグヤは安堵《あんど》する。

何に対しての謝罪か――それはカグヤがこれから犯す罪に対してだ。

「ねえ、でも、聞いてください。貴方《あなた》のママは助かったんですよ」

彼はそこで初めて顔を上げた。薄《うっす》らと希望が灯《とも》った瞳を見て、カグヤは胸が締め付けられる思いがする。

嘘《うそ》だからだ。正確には、彼の母親が生きているかどうかなどカグヤは知らない。それに十年前のことなら希望は薄いといっていいだろう。

だけどこのくらいなら許されてもいいと思っていた。一方的に生を閉ざされた彼にはもうその真実を知ることはできない。だからせめて優しい嘘《うそ》のままで。

【え……ほんと？　ママなんて言ってた？　僕のこと何か言ってた？　怒ってなかった？】

「とても心配していますよ、貴方《あなた》のことを」

直前に喧嘩《けんか》するようなやり取りでもしていたのか。

「だから早く、ここから出ましょう！　私はママにそう頼まれて来ているんですから」

【……僕、起きられるの？　ママにまた会える？】

「ええ」

カグヤは綺麗《きれい》な笑顔でまた、噓《うそ》を吐《つ》いた。彼に現実を知らせると、外で何が起こるか分からない。それなら真実を告げず死なせてもいいだろう。

そっか、と彼は凪《な》いだ表情になった。また会えると聞いて無邪気な笑顔を見せる。

【じゃあこんなとこさっさと出よ。お姉ちゃんも一緒に来るの？】

「私は少し後で。だから先に行っていてください」

【ふーん。分かった。じゃ、ママと一緒に待ってるね】

少年の顔ながらその笑顔は幼い子供のようで。これから会えるだろう大切な人のことを思って、心を躍らせているようでもあった。

【ありがと、お姉ちゃん。外でまた遊ぼうね！】

「ええ。また遊びましょう――」

また、なんてものは存在しないけれど。

光が差す。どこか歪《いびつ》にも見えるその光の下、彼は笑顔のまま消滅して――カグヤはほっと息を吐いた。彼を救ってやることが出来たという、その事実を胸に抱えて。

・・・

死んでしまっているかのような異様を見せた、その一瞬の後。彼女の身体《からだ》が急激に動いた。砂嵐に飛ばされかけたのだ。

慌ててそれを抱きとめ、そしてハルは息を呑《の》む。

彼女の意識がここにないのは確か。だがこれは――気を失っているのとも違う。だいいちそれにしては唐突過ぎる。まるで意識だけを何処《どこ》かにやってしまったような、心がこの場に無いような。そんな姿。

ハルの手にじんわりと汗が滲《にじ》んだ。恐怖によってだ。何をしているか知らないけれど、こんな爆心地のような場所で無防備になるなんて。

いったい彼女はなんのためにそんなことを。

何故《なぜ》、こんな状態に――

不思議に思ったのも一瞬。彼女は見た。《勇者》の本体であった砂城の頂上にかかる黒い影が晴れたこと。その奥からほんの一瞬、期待に満ちた少年の顔が見え、消えて行ったことを。

まるで時空が停止したような数秒を経て、防護服に侵入する砂の痛みを彼女が自覚した瞬間、さあっと砂嵐が止《や》んだ。

最初からそんなものはなかったかのように、公園は晴れ渡っていた。急に風が止《や》んだものだからハルはバランスを失い、膝を付く。

驚きながら、彼女は目を保護していたゴーグルを外す。

辺りは地獄絵図のようだった。公園にあった遊具は吹き飛ばされ、どうやら砂嵐の中を舞っていたらしい。アズマ大尉はその一つにもろにぶつかったのか、頭から血を流していた。

アズマの苦々しい顔。怒りも多分に混じっている。苦しそうではあったが彼にとってはさほど大きいダメージではなさそうだ。

「まずは……悪かった。誤射してしまって」

アズマはしかし、自分は血を流しながらもハルを気遣う。

「だが——独断行為はするな。このような事故が起こるから」

「それは肝に銘じておくわ。けれど」

カグヤをそっと地面に横たえ、相対する。

「独断行動というのなら彼女だって同じ。それは良《い》いのかしら」

「屁理屈《へりくつ》を……」

「彼女が望むまま戦場に赴くように。私も望んでここに来ただけのこと」

数人で突入しようとする時、コユキとともにハルも否を出されたのは、単に「初陣《ういじん》だから」ではないとハルは思っている。

というか、そもそも初陣《ういじん》ではない。カローンでは初めてだ、というだけだ。

「お前は……一体何をしたいんだ」

アズマは理解できないものを見る目でハルを睨《にら》んだ。

「監視をしたいなら、安全な隊舎でのんびり映像でも眺めてればいいだろ。来る必要のない場所にわざわざ来ている意味はなんだ」

「安全圏でいったい何ができるっていうのよ」

ハルは立ち上がる。堂々とアズマに対峙《たいじ》した。安全圏から眺めていて満足するなんて、そんなの――するわけがない。絶対に。

「貴方《あなた》たちを監視するからには同じ立場にならないといけないわ」

と、ハルは笑う。顔ではなく、目の色だけで。

勝ち誇った――つもりはなかったけれど、そういう声音《こわね》と表情になってしまった。

「厳重注意。一度目であることと、被害は出なかったから今回はそれだけだが」

と、頭からだらだらと血を流す彼は言う。

「何度も繰り返すようなら監査所に無理やり突っ返す。迷惑だ」

「……まあ、留《とど》めておく」

と言いつつも、ハルはどこか他所《よそ》の方を見ている。アズマの忠告はあまり耳に入ってはいない。勿論《もちろん》、突っ返されては困るので大人しくはしているが。

ざり、と足音がして再び前を向く。カグヤが目覚めていた。

「……シノハラ中尉？」

醒《さ》めたばかりとは思えない表情の彼女は、ハルに目を向けるでも、何かを言うでもなく。まるで今まさに別の世界から還《かえ》って来たような顔で——アズマが声をかけるまでずっとどこかを見つめていた。

二—三

シャワーを浴びても身体にまだ砂が残っている気がして、どうにも気持ち悪かった。

砂の《勇者》との戦闘が終わったすぐ後。カグヤは一階の広間にてハルと相対していた。

ハルに呼び出されたのだ。その内容はカグヤもとっくに分かっている。

そしてアズマもだ。軽傷だったらしい彼は、包帯こそ巻いているが意識に混濁はないらしく、元気そうにハルを睨《にら》みつけている。

「ふん……まるでお姫様を護《まも》る騎士《ナイト》ね」

ハルはその様子を揶揄《やゆ》した。けれどその嘲笑もすぐになりを潜め、真剣な瞳になる。

「貴女《あなた》はあの時確かに、異常な状態だった。けれどほんの数秒で目を醒《さ》ました。それ自体はともかく、貴女《あなた》が目を醒《さ》ますのと同時に砂嵐が止《や》んだ——」

さあっと、まるでかき消すように。

自然現象では絶対にあり得ない消え方だ。

「これが本当に『研究目的』なの？　嘘《うそ》ならもっとましなのを吐《つ》くことね」

「おい……！」

気色《けしき》ばみかけたアズマを、カグヤは制す。

ハルの言いたいこともよく分かる。自分とて立場が違えばそう言っていたかもしれない。

だから、カグヤはずっと不思議だったのだ。

「――何故《なぜ》、告発しないんですか？」と。

「最初から告発すればいいじゃないですか。私の行動が、輪を乱し戦場を乱して、アズマさん達に迷惑をかける独善的な行いであることは本当です。口実としては充分。最初からそうやって告発すればよかった」

というより、カグヤはそれを恐れていたのだ。理解されないことには変わりないのだから。

「そうしない理由はなんですか。……貴女《あなた》がその目で確かめたいことがあったからでは？　貴女《あなた》ひょっとして、何か他の目的が――」

鉄面皮のハルは眉を少しだけヒクつかせる。

「何故《なぜ》それを貴女《あなた》に言う必要があるの？　技研《ぎけん》とカローンしか知らない貴女《あなた》のようなお姫様が」

ハルは冷然としたその目を歪《ゆが》める。お姫様という言葉にカグヤは少しだけムッとした。

「ただ監視項目の中にあるだけよ。別に必要もないのに行っているわけじゃない。無駄に来ている貴女《あなた》と違ってね」

「無駄ではありませんよ。私はただ、その――」

カグヤはここで少しだけ躊躇《ちゅうちょ》した。カグヤが戦闘に参加する理由は勇者に関しての情報を得ることと、そして《勇者》を救うためだ。だがそれを言うわけにはいかない。

「私は、苦しむ人を救ってあげるためにここにいるんです」

「人を救ってやるために戦場に出る？　笑わせるわ――」

ハルの瞳に昏《くら》い何かが宿った。ここにいるのに別のどこかを見ているような。

「戦場なんて、どうしても命を懸けなきゃいけない人が仕方なく行くところよ。行きたくないと泣いたって、その義務があれば行かなきゃならない。そこでは自分の命すら危うくて、大事な人が死んでもいくら死にたくなくっても、そんなのは関係ない。関係ないのよ――貴女《あなた》は知らないでしょう、そういったものを」

「いいえ。戦いの苦しさは私も見てきたつもりです。そんな中でも誰かの救いになりたい」

カグヤはサクラのことを思い出していた。

サクラが《勇者》になった時のことは、今でもよく覚えている。きっと忘れることはできないだろう。

ハルはすっと冷徹な瞳に戻る。

「聖女気取りはやめることね。誰もが救いを望んでいるわけじゃない。誰もが光を望むわけじゃない。それを貴女《あなた》は──分かっていない」

「救われるのを望まない……？」

カグヤは眉を顰《ひそ》めた。救われたがらないというのは──？

「地獄を見た者の中には、どこまでも堕《お》ちていくことが救いになる者だっているのよ」

「何故《なぜ》、そんなこと……」

「貴女《あなた》が知る必要はないわ」

しかしその、今の一言は、これまで聞いた彼女の言葉の中でも最も重いものだった。表面的な言葉や注意ではなく。カグヤに反発するのでもなく。彼女自身の何かを削っているような。

ハルは心を決めたようにカグヤに真剣な視線を向ける。

「決めた。私は貴女《あなた》を」

告発するのか。

「──見定める。貴女《あなた》が何故《なぜ》こんなことをしているのかを」

「みさ、だめる？」

「報告の時期には少し猶予がある。監査所が問題ありと見做《みな》した者はどうなるか分からないけれど、私はその間に見定めることが出来る。貴女《あなた》が戦場に出る価値と、意味と、意図を」

ハルの翠色《みどりいろ》の瞳にこれまでにない感情が宿っているのを、カグヤは見た。ただの激情という言葉では片付けられない、決意を込めた瞳。

「けどもしそれが、ただ聖女様を気取りたいだけの理由だったのなら、私は絶対に容赦しない」

それは監視員としての彼女でなく。彼女としての叫びだ。

「軽率な、盲目的な行動だわ。ここにいるのは相応《ふさわ》しくないと、私が、それを証明する」

「……構いませんよ」

だが、ハルの内心や立場などカグヤに関係あるわけではない。

「それに。私はお遊びなんかじゃありませんから。貴女《あなた》と違ってね」

その言葉に、ハルはきっと唇を結ぶ。まるでカグヤの言うことが、その全てが卑怯《ひきょう》な虚飾であるかのように、彼女はきっとそう思っている。

「なにもしらないくせに」と、小さく呟《つぶや》いて、彼女は出て行ってしまった。

・・・

「悪い……何も言えなくて」

「いえ。アズマさんが口を出せることでもありませんから」

ハルが憤然と出て行ったあと、アズマとカグヤだけが残された。

「タカナシ少尉は、ただの監視員ではなかったんですね」

一見冷徹に見えて、その実誰より激情家。そして彼女がカグヤと決定的に違うのは。

「彼女は――戦場を知っているのでしょうか」

ぽつりとこぼすカグヤは、どこか申し訳のなさそうな顔でもあった。

地獄を見た者は、と彼女は言った。

地獄を――彼女は見たことがあるのだろう。やはり。ただのお高くとまったお嬢様でない気はしていたが。

カグヤは何度か戦場に出ているが、まだ真の地獄を見たわけではない。カローンはとても強いから深刻な事態になることは少ない。

彼女が唯一地獄を見たとすればそれは、サクラが散ったときだ。逆に言えばカグヤは、それ以外の戦場の悲壮も、《勇者》の本当の恐ろしさも知っているとは言い難《がた》い。

もちろん、知るべきだなどとは露ほども思わないが。

ところで一つ、気になっていたことがあった。

カローンはクロノスを扱える。――では彼等《かれら》以外は?

カローンは最強の部隊だ。最強とは、他者と比べてそう呼ばれるもの。

つまりカローン以外にも部隊がある。当然だが。

しかし武器を扱うことができない彼等《かれら》は。たとえば緊急対応班のような、普通の人たちは。

《勇者》には同じ《勇者》から採取した細胞を元にした武器でないと太刀打ちできない。けれどその武器には強い反動があるのだ。彼らはまさか反動すら計算に入れているのか。

(もしそうだとしたら、俺達など及びもつかない胆力だ)

そして覚悟。見上げたものだ。アズマはそれをまだ想像すらもできないが。

——彼等《かれら》は、恐怖などもしないのだろうか。

戦闘中に見たものを考える。カグヤを抱えて《勇者》の元へ向かう途中、右目にノイズのようなものが走り、右の視界だけが揺れたのだ。そして見えた。《勇者》がふと、違う姿になったのを。

その「違う姿」に惑わされ、アズマは要らぬ発砲をした。

(あの時何故《なぜ》俺は、タカナシ少尉と間違えたんだ)

《勇者》と人間を間違うなどと在り得ないことだ。

あそこにタカナシ少尉がいたのが想定外だったとはいえ、それでも初めての失敗であった。

結局「何」に見えているのかはまだ分からない。分からないものの、一つだけ言えることは、徐々に鮮明になってきているということ——だろうか。

以前の戦闘よりも随分とはっきりしていた。レンズのピントを合わせているかのように。

だがアズマは、いつもの通りにそれを意識の奥に押し流す。

「同じことをしなければいい。それだけだ」

「はい？　何がですか？」

聞いてくるカグヤの言葉は敢《あ》えて無視をする。

今更何が見えたとしても関係ない。

次に何かが見えたとしても、その前に潰してしまえばいいだけだから。

・・・

一方。広間を出たハルは、ぎり、と歯を嚙《か》み締《し》める。何も知らないくせに、と誰にも聞こえない声で吐露した。

カグヤは知らない。戦場の本当の理不尽さを。

最強の部隊に護《まも》られて、それをする余裕のある強い部隊の、中でも一番強い人に大事にされて、一人で駆けてきたつもりの彼女には分からない。選ばれた側の人間である彼女に、選ばれなかった者達の苦痛など何も。

何をしたいかは知らないが、望んで戦場に赴いてそれが当然みたいな顔をしている、彼女の甘さがハルは許せなかった。

「……よほど、恵まれてきたのね。羨ましいわ——」

今の彼女の原動力となっているのは過去だ。

過去のトラウマが彼女をいつでも駆っている。二度と経験したくない現実をもう誰も経験などしないように、と。

「救うために戦場に行く？　そんなことが――」

そんなこと、誰にもできるはずがない。いや、出来てたまるものか。彼女は口だけでそう言っているだけだ。

でなければあの時死んだ彼は、いったい何のために――

「きっと貴女《あなた》は、ないんでしょうね。死にたくなくて恐怖に震えた経験《こと》なんて」

それでも死んでしまった人を見送った経験なんて。

間二　兆候

「それでは、加工実験を始めよう」

カグヤがハルと相対していた頃。第二技術研究所、通称技研《ぎけん》の実験室に二人の人間がいた。

一人は長すぎる黒髪を腰に流した、技研《ぎけん》の長である研究長。

もう一人は金髪のツインテールを揺らした少女、エザクラ・マリだ。

二人がいる技研《ぎけん》最西部の地下実験室は、普段はあまり使われておらずどこか薄暗い。その中央の、手術台にも似た台の周囲を二人は取り囲んでいる。オペに臨む医者と看護師のように。

しかし彼女らが囲むのは患者ではなく、とある肉片だった。といっても自然界に生きる生物のものではない――大きさは人間の拳ほどに小さく、色は赤や黒、緑など、とても肉片がしていいような色ではない。「それ」を前に、マリがごくりと固唾《かたず》を呑《の》んだ。

「これが……《勇者》の肉片」

「直《じか》に見るのは初めてだったな。これはつい最近採取されたものだよ。現場にいる部隊の奴等《やつら》に一片持ってきてもらったんだ」

美しい――そして醜い肉片だった。

研究長の返答を頭の隅に流しつつ、マリはしげしげと見つめ、「あの、研究長」と、手を挙げる。

「《勇者》って確か、『卵』を潰したりして斃《たお》したら消えちゃいますよね？　なんでこれはこのまま残ってるんでしょうか？」

「いい質問だな。残念ながら私にも分からん」

簡潔に答えた研究長は、補足とばかりに続ける。

「『卵』を潰す前に斬り離した肉片は『卵』と一緒に消えずに残るようだ。まあ、だからこそ加工なんてことが出来るわけだが――これは二か月半くらい前のものだな」

「先輩が……シノハラ中尉が最初に戦った《勇者》ですよね？　なんでしたっけええと」

「サキガヤ・ユウジだな。子供だったらしい」

「ああそうそう。それでしたね」

聞いてもマリはあまり興味をそそられなかった。

かといって、憎悪《ぞうお》しているわけでもなさそうだ。赤の他人が化け物になったことに、マリはただ何も感じないだけだろう。それは研究長とて同じだ。

「で、えっと、これをどうするんですか？　研究長」

「決まっているだろう。今からこれを加工してクロノスを製作するんだよ」

「……はい⁉　私達がですか⁉」

そうだ、と研究長は頷《うなず》く。

「え、でも確かその方法って凍結された時に失われたって……」

「そうだな。だから我々で作っていこうと思う。喜べマリ、人類にとって重大な一歩を踏み出す現場に居合わせられるんだぞ」

「すごいこと言ってる」

「まあ実際は、今加工までしようとしているわけではないが――」

今回行うのは《勇者》の破壊方法を探る実験だ。

破壊ができなければ加工も何もない。

「これはその方法を見つけるための実験ということだな。……一度は出来ていたことなんだから、手当たり次第にでも破壊方法を探っていけばどこかで当たりを引き当てるはず」

だから今から行われるのは「破壊」だ。

だが当然ながら《勇者》は滅多なことでは壊されず、唯一それができるのは《勇者》自身とクロノスのみ。人間に出来るのはクロノスによるものだ。

「ん？　破壊ってことは……ちょっと待ってください」

マリは一歩後ずさった。その瞳に一瞬、恐怖のような感情が揺れる。

「い、嫌ですよ私!?　腕が動かなくなるなんて！」

「何を勘違いしてる。手動による破壊は実質クロノスでしか出来ないし、実行者に負担がかかる。唯一可能な奴等《やつら》は多忙で頼めなくてな――」

カローン。何故《なぜ》かクロノスの反動が起こらない者達。

「……だから今から行うのは別の方法での破壊だ」

といって研究長は、手近な薬棚から様々な薬品を取り出した。塩酸、硝酸に希硫酸、希塩酸やヒ素なんて劇薬もある。

「な、なんだ……もうびっくりさせないでくださいよ」

マリはホッと胸を撫《な》で下《お》ろし、薬を確認していく。

劇薬は一歩間違えば大怪我《おおけが》の元にもなる。だからマリ達は専用の防護服を纏《まと》っていて、それが更に不気味さに拍車をかけていた。

「うぇえ、でもだからってこんな手術台みたいなとこでやらなくてもいいじゃないですかぁ。もうちょっと明るく楽しいところでやりましょうよ」

「みたいなとこ、ではなく手術台そのものだよ。以前は何かの分解もしていたらしい」

マリはひっ⁉　と小さく悲鳴を上げた。

「じゃあ尚更《なおさら》なんでこんなとこでやるんですか！」

「外の奴等《やつら》がほいほい入って来れる場所でこんなこと出来ないだろ。諦めろ」

「ますます嫌だ……」

手術室は長い間使われていなかったのか、電球が切れかけており薄暗い。外は真っ昼間のはずなのに、マリは少し寒気すら感じたようだった。

緑と黒を混ぜ合わせたような色合いの肉片は、本体の卵から切り離されているにも関わらず、まだ少し温度を保っている。

「ってあれ？　それなんですか？」

研究長が細長い機械を肉片に取り付けていた。肉片と機械をケーブルで繋《つな》ぎ、機械の側面にあるモニターの一部の電源がついて何かを観測し始める。

「これって……？」

「細胞の状態を場所ごとにモニタリングする機械だ」

「モニタリング？　ってどうしてです？　もう死んでるのに……スーパーの生肉に付けるようなもんですよ？」

「あのな。どちらかと言えばこれは、締め損なった魚のようなものだ。見たことがないか？魚が頭部を失っても元気よくぴちぴちと跳ねている動画を」

「ああ……確かに見たことがありますね」

「あれは何もオカルトのような現象じゃない。よく締められなかったから、ああやって生体反応だけ残っているんだよ。つまり」

それと同じようなものではないか、と。

「完全に死んでいるんじゃない――一応これは『生きた武器』でもあるんだぞ。クロノスになる過程でどういう変化を辿《たど》るかは見てみたいだろう？」

「別に何も起こらないと思いますけど……」

「まあとりあえず、その薬品を適当に垂らしてみてくれ。少しでいい」

はーい、とマリは気が乗らない返事をして指定された薬物を手に取る。

一滴。希硫酸を垂らして――

ビ―――ッ
「⁉」

と、モニターが叫んだ。明らかな異常を知らせる音に、研究長はモニターに飛び付く。

飛び付いて、そして呟《つぶや》いた。

「……なんだ？　この反応は」

「なっ、なんですか⁉　私何もしてませんよ⁉」

その言葉にも研究長は反応しない。

「ストレス値異常？　まさか……」

「え。ストレスって」眉を顰《ひそ》める。

「これただの肉で、元の細胞も死んでるやつですよね？　計器異常じゃないですか？」

「ああ……普通に考えればそうだが」

だが研究長は腑《ふ》に落ちていない様子だった。

「だがあの時も、普通では考えられない結果が出た。同じように《勇者》絡《がら》みの問題で」

「あの時って、先輩のこと、ですよね？」

カグヤの体内から『卵』が見つかった時のことだ。

確かにそれも充分信じられない話だが。

「でもあれは、先輩も『卵』も本当に生きてましたし、まだ余地はありますよ。でもこの肉片はもう……動いてすらいないじゃないですか」

「それは分かっているよ。いくら生物的なものの断片とはいえ、その細胞は既に死んでいるんだ――だから本来、反応など出るわけがない」

既に死んだ細胞から出る、ストレス値異常。

《勇者》だから起こり得たのだろうか。普通はこんなこと絶対に起こらないだろうが。

「うーん、やっぱり計器異常じゃないですかぁ？　研究長。その機械だって結構久しぶりに出してきたやつですよね？　どこかに埃《ほこり》でも詰まってるんじゃ？」

「……ああ。一応調べてみるよ」

そして再整備のために外されようとする機械。液体ビンをぼうっと持ったまま、マリは肉片に視線を向けた。――物言わぬ肉片。加工され、ただ人に使われるためだけのもの。

ビービーと未《いま》だ、警告音は鳴っている。

細胞のストレス値異常を知らせるけたたましい悲鳴《おと》が――

「――って煩《うるさ》いですよ！　早く止めましょう」

マリは耳を押さえて叫んだ。その直後、モニターの電源が落とされて音が止《や》む。

「はぁ……もうほんっと、嫌ですね古いマシンって。すぐ誤作動起こしちゃうんだから」

「まあ、メンテがされてなかったのかもしれないな」

研究長はそう片付けて、機器とモニターを隅に追いやる。

「ま、今はこれはいいだろう。先に破壊実験だけでも始めよう」

そうして、手順に則《のっと》った実験が始まる。観察や採取など一通りの準備を経て。

「探索的実験だから好きに壊すといい。まあ壊れるものがあればの話だがな」

「あの研究長。そのことなんですけど。クロノスの元って確か《勇者》ですよね？《勇者》って確かクロノスでしか傷付かないから、この肉片もクロノスで壊せるんじゃないですか？」

「そうだな。現状、《勇者》や《勇者》由来のものはクロノスでしか壊せない。つまりは破壊をしたいなら、クロノスで事足りるというわけだ」

だが、と研究長は前置きする。

「仮にクロノスの破壊や加工が、同じクロノスでのみ可能だったとしよう。それなら、最初のクロノスは誰がどうやって作った？」

「……それは……」

マリは一瞬顔を伏せたあと、「でも」と再び顔を上げる。

「作った人はどこかに絶対いるんですよね？　その人に聞いてみたら……」

「製作者の情報が分かれば、な。今の《勇者》戦で唯一の有効武器であるクロノスを開発した人間の情報は実は何もない。寧《むし》ろ名声を得ているべきなのに」

「普通に出て行っちゃったんじゃないんですか？　二十五年経《た》てばもうとっくに《勇者》見えなくなっちゃってるし。多分もう忘れてますよ」

たとえ作った者が十歳であろうと、現在三十五歳。見えなくなって久しい。

人は忘れる生き物だ。それがどれほど大切な記憶であっても、時間とともに風化していく。

だからこそ、《勇者》のことを覚えている人間は少ない。

大人になれば見えなくなるのだから、……ただ見ただけの人間なら忘れてしまう。自然災害の中で錯乱していたのだと思い込む。例外があるとすれば実際に戦った者だけだ。

「だが、痕跡は残るはずだ。本人が忘れていても、クロノスを造った痕跡はなくなりはしない。実際クロノスも、その者がいた痕跡であり証左なんだ――」

――だがその開発方法は記録にない。

唯一の対抗武器なのだ。本来は量産されてしかるべきものなのに、その方法すら喪《うしな》われているとは何事か。

「だがこれだけは確かだ」と、研究長は確信めいた声で呟《つぶや》く。

「クロノスは――絶対にまともな作り方ではない。『生きた武器』を創造するなど、正直言って常軌を逸している」

「……その常軌を逸したやつに私を巻き込もうとしてるってことですか」

「仕方ないだろう。お前は技研《ぎけん》の人間なんだから私のために動くべきだ。カグヤのように」

「あまりに暴論過ぎてちょっと感動しちゃいましたよ」

マリははあ、と隠さずため息を吐《つ》く。

とりあえず、とばかりに彼女は先ほどの薬品を垂らしていた。だがまるで水でもかけられているかのように何のダメージもない。全て終わるのにそこまで時間もかからなかった。

「……どの薬品も変化なしです。岩に水かけてるみたいですよ」

そうか、と研究長は肩を落とした。ほんの少し——ほんの少しだけ期待していたから。

「プレス機を最大出力にしても駄目、高圧電流を流しても駄目、五十時間燃やし続けても駄目、劇薬でも駄目ときたら、もうどうすればいいのやら、だな……」

「でも二十五年以上前は出来たんですよね？　その時って今よりは技術力低かったでしょうし、その時に出来て今は無理なんて、そんなことあるんでしょうか」

「うーむ……ロストテクノロジーである可能性も、まああるからな……」

クロノスそのものに対する、二つに割るような単純な破壊だけならともかく。物理的に破壊できない状態で、だ。加工するという、単に破壊だけでは済まされない高度な技術をどのように用いたのか。例えばクロノスの意匠ひとつとっても、素人《しろうと》には不可能。

クロノスの外見は、その全てが濁った緑色で、周囲に血管のような模様が張り巡らされている、というものだ。一見して、ただ壊すだけでは造れないものだとすぐに分かる。

「……そうだ、マリ」

その摩訶不思議《まかふしぎ》な物体を、ほとんど睨《にら》み付《つ》けるようにしながら、研究長は何気なく声をかける。傍《そば》で既にやる気をなくしているマリに。

「この間カグヤと会っていたようだが。また同じ話をしたんじゃないか？」

マリはそれに沈黙で応えた。どこか子供らしく俯《うつむ》く彼女に、研究長は小さくため息を吐《つ》く。

「……あの件については諦めろと、そう言っただろう。確かにあいつは惜しいが、あいつの性格上おそらくカローンにいる方が向いている」

「研究長は、分かってないんです」

何かに耐えつつ、マリは俯《うつむ》いたまま抗議する。これまで、従順だからというより寧《むし》ろ面倒だから、言い返してなど来なかった彼女が。

「先輩は一人で全部抱え込んでしまう性質《タチ》なんです。相手が《勇者》でもなんでも――それは研究長もよく知ってるでしょう」

「まあな。良《い》い傾向とは到底言えない、あいつの数少ない欠点だ」

――お似合いだと言ってやったのはそういう理由だった。アズマ・ユーリもその傾向があって、だからカグヤとは、似た者同士なのだと。

「私は先輩とはずっと一緒でした。ずっとと言っても、そんなに長くはないですけど――でも、カローンの奴等《やつら》よりは長いつもりです」

敢《あ》えて「奴等《やつら》」という言葉を使ったマリは、バッと顔を上げる。

「あのままじゃ先輩――壊れてしまう。《勇者》は一人じゃない、斃《たお》しても斃《たお》しても湧き出てくるんです。先輩はそんな相手でも全員の心を救おうとするから。そんなことをして――ずっと人の心を抱え続けて、壊れない人間なんていません」

マリは、だからカグヤを技研《ぎけん》に帰らせようとしていた。

決して寂しいからとか、そんな子供じみた理由ではない。

「確かに、お前の言うことはもっともだ」

人心が分からぬ研究長とて、それは容易に想像がつく。だが。

「だがそれをあいつが受け入れると思うか。あいつはそう在ると決めてしまったんだ。……私にだって自信はない。カグヤのあの頑固さを融解せしめる手段なんて」

技研《ぎけん》にいる間ならまた話は違っただろう。けれどもう彼女は技研《ぎけん》の人間ではない。

《勇者》を斃《たお》すことを是とする特別編成小隊《カローン》だ。そんな中で心をすり減らす彼女は。

「――少し危ういところがあるな」

それは研究長の単なる憶測でしかなかったけれど。ひょっとしたら意外と清濁併《あわ》せ呑《の》んでいるのかもしれないけど。それでも元上司として、壮健を祈るくらいは許されるだろう、と。

三　傲慢

その夜は激しい雨が降っていた。

カローンが現場に到着したのは報《しら》せを受けてから十分後だった。場所は都内の、駅から少し離れた商店街。住宅街からほど近く、小さくも賑《にぎ》やかな街は、今は一転地獄絵図と化している。

突如として起こった局地的かつ連発的な地震は、買い物をしていた客に無慈悲に襲い掛かった。見える年齢の者達——来客の子供や学生達は総じて取り乱していたが、地震によるパニックだと断じられ、相手にする者はいなかった。

そして静まり返った商店街に残ったのは、荒ぶる化け物——《勇者》。

一見「犬」の姿をしていた。しかしその《勇者》は地獄の番犬のような三つ頭を持ち、そのうち中心の一つだけ顔がなく、その虚を埋めるように黒く塗り潰されている。脚は八本もあったが、蜘蛛《くも》のように末広がりというわけではなく——四脚の犬を二頭、無理やりつなげたかのような姿をしていた。多脚でその巨大な体重を支え、商店街に鎮座している。

タカナシ・ハルは今回は大人しくしているようだった。無理にカグヤに近付こうとはせず、武器であろうハンドガンを軽く構えている。あれでは《勇者》に太刀打ちなどできないだろうが。

『この商店街は大通りに面しているだろう』

開口、アズマは静かに無線に声を届ける。

『その大通りでつい十五分前ほど交通事故があった。被害者は十八歳の少年——ミライ少佐曰《いわ》く、自分で飛び出た映像が残っているようだ』

「……自殺、ですか」

『ああ。理由は分からないが、笑ってやり過ごせるようなものではないだろうな』

猛犬は、隣で倒壊しかかっている薬局の二倍ほどの大きさがあった。狭い通路に無理やり入って来たからか、付近の建物は多くが倒壊しかかっている。

接地している脚の数本の下から、助けを求めるように伸ばされた腕が見えた。腕だけだった。

何人か轢《ひ》いたり潰したらしい《勇者》は、ほんの少しの間をおいてようやくカローンの存在に気が付く。

【——シャアアアアアアアアアアアアッ!!】

「——ッ!」

びりびりと虚空《こくう》を震わせるほどの大音声《だいおんじょう》。

その場の全員が耳を抑えた。犬の姿をしているくせに声はやはり蟲《むし》らしく、その違和感と悍《おぞ》ましさにカグヤは思わず息を詰める。

長い長い、泣き叫ぶような咆哮《ほうこう》だった。

《勇者》の絶叫のような砲声が止《や》み、好機と見たリンドウが向かっていく。頭が三つあることを逆手に取り縦横無尽に動くことで混乱させるが、八本ある脚のうちの一本に跳ね飛ばされた。近くの瓦礫《がれき》に思い切り叩《たた》き付《つ》けられ、リンドウ！　とアズマが叫ぶ声。

まるで手負いの獣のようだった。それも他人から与えられた傷ではなく——自傷のような。絶叫のような砲声を上げた《勇者》は急に活発化——繁殖対象である人間の姿を見つけたためか、巨体を伏せて飛びかかる姿勢となる。

咄嗟《とっさ》に全員その場を離れる。何百キロあるかもわからない巨体は、カグヤ達が散開した直後に轟音《ごうおん》とともに地面に衝突した。

「アズマさん！　卵は⁉」

『喉だ！』

アズマが叫び応えた直後、まず上がったのは銃声だ。飛びかかった直後で上手《うま》く動けていないらしい《勇者》の右側、二番目の脚の付け根に、パシュン、と穴が空く。

コユキは近辺で最も高い建物に陣取っていた。対物ライフルを象《かたど》ったクロノスを構えている。クロノスとしての有機的反動ではなく、単なる銃器としての反動に彼女は少しだけ跳ねた。

《勇者》は、着弾箇所に血を流しながらもコユキの方を向いた。邪魔するな——とでも言いたげに、一番右の頭が唸《うな》る。

【ガアア――】

《勇者》がコユキに飛びかかる。コユキは咄嗟《とっさ》に避《よ》け、背後にあった店が一軒吹っ飛んだ。

『ッ！！？』

しかしその近辺にいたハルが、巻き込まれた。

「タカナシ少尉⁉」声すら聞こえない。さっと血の気《け》が引いたが、すぐにコユキから、

『大丈夫、気絶してるだけっぽい』と報告がありほっとする。

『デカいくせに動きは速い、か――面倒だ。早めに片付けよう。中尉』

アズマはカグヤが思っていたより近くにいた。己の隊服についた土やら、何かの商品から零《こぼ》れた液体を払って。

『アレは動きが速く近付きにくい。止められるのだとしたら俺としては助かるが、いけるか？』

「大丈夫。必ず止めてみせます」

カグヤは覚悟を決め、棍《こん》をひゅっと振る。初めは手に重かったサクラの武器も、今はもうほとんど重量を感じない。あの巨体に一発でも当てられればこちらの勝ちだ。

「アズマさん。前、お願いします」

「言われなくとも」

走る彼の背後にぴったりとついて走る。時折戦闘の余波で飛んでくる瓦礫《がれき》や店の壁だったものは、アズマが弾避《たまよ》けになってくれていた。

その最中少しだけ、カグヤは気を失ったハルについて考える。

もし聖女を気取りたいだけのお遊びならば許さない、と彼女は言った。

——そりゃ、最初はそうだったかもしれない。

《勇者》についてもっと知りたい——目的はただそれだけだった。けれどサクラのことがあって、そして最終的にはカローンの一員になって、カグヤの最重要事項は二つになったのだ。

もともとの目標であった研究を完成させること。

そして、いつかの話ではなく、今いる勇者を救うこと。

酷《ひど》い頭痛とともにやってくる身を焼くほどの興奮。その感情のまま、カグヤは手を差し伸べるように、棍《こん》を強く、強く振り抜く。

・・・

「……っ痛……」

勢いそのままに、カグヤは変な声を上げてすっころんだ。

強打した膝を押さえ立ち上がって周囲を見渡す。さっきまでいた商店街とは違い、辺りはとても静かな場所だった。

「ここは……遊歩道？」

土手の上にある散歩道だ。季節は秋口といったところか、空気が冷えていて気持ちがいい。左手に小さな、向こう岸までよく見えるような川が流れていた。天気は快晴で――内側の世界は理想を反映するため、その多くが良天候だ――太陽の光が水面に反射して美しい。

雄大な青空の下、カグヤは何かに引かれるように前へ前へと進む。

《勇者》の中の人間はどこにいるのか。

何かに惹《ひ》かれるように進んでいると、ごつんと何かにぶち当たった。

「わっ」と声を上げ、おでこを摩《さす》る。目の前に、透明な壁のようなものが張られていた。

空気がガラスの壁になったような状態だ。どこまでも続いているように見える道の先には、こちらからでは行くことはできない。

理想世界は彼らの望みの反映だ。つまり彼等《かれら》の――それを強く望んだ時の心が、鏡のように映っている。つまりは、ここから先は部外者は許されない。

「……どうしたものかしらね……」

この向こうにいるのは分かった。カグヤは背後には行ける。進行方向にだけ壁があるのは、彼あるいは彼女が拒絶しているからだろうか。

「……あ」

立ち往生しているカグヤは、道の向こうから歩いてくる影を見た。

穏やかそうな、真面目そうな少年。この世界の主だとすぐに分かった。

彼は二匹の犬と散歩していた。マルチーズとゴールデンレトリバー。身体《からだ》の大きさこそ違うが、彼等《かれら》は仲もよさそうだ。

おーい、とカグヤは手を振ってみる。

そんな彼女に、彼はすぐに気付いた。自分の歩く先にいるのだから当然だ。

無警戒に近付いてくる。そんな彼に、カグヤは笑いかけてみた。彼が少し赤くなって、照れたように振り返してくる。最初の印象は悪くない。

「こんにちは」

カグヤはつとめて自然に振舞った。道端で偶然会っただけ、という体《てい》を装《よそお》う。

挨拶を返せば、戸惑いながらも挨拶を返してくれた。実際真面目な子なのだろう。

カグヤの目の前まで来て、彼は困ったような顔を見せた。凡庸な黒髪に、純真な同じ色の瞳。

カグヤと同じ色の肌。年齢もきっとそう変わらない。

知らない顔だ。当然カグヤは初めて出会う。ただの通行人と同じ距離で、相手もこちらを警戒しているのがよく分かる。

――まあ、関係ないけれど。

「お散歩ですか。その子達可愛《かわい》いですね」

【あ……はい。えっと貴女《あなた》は？】

「カグヤ。シノハラ・カグヤです」

きっと名前を聞いたわけじゃないのだろうが、カグヤは通じなかったフリをする。

一方的に名乗った彼女は、図々《ずうずう》しくも無言で、少年に名乗りを要求する。それに逆らえなかったのだろう彼は渋々といった様子で「鷹村真司《たかむらしんじ》——」と、名乗った。

名乗られたカグヤは「良《い》い名前ですね」と、心にもないような言葉を贈る。

けれど目の前の彼は本当に純粋なのだろう。年相応に。カグヤの社交辞令のような言葉でも、真に受けて、少し頬を赤らめてしまうような。

そんな普通の少年。

絶対に助けてやらなくては、とカグヤは意気込んだ。

透明な壁に遮られ、そこにはまだ行くことができないけれど。それでも言葉はまだ、交わせるから。

犬の話を振ったらすぐに食い付いてきた。その頃には既に、半ば敵意にも似た疑念を解かしていたから、彼はどこか心を開いたようでもあった。

「お名前は？」

【えっと……こっちがメロンでこっちがミカン】

名前を教えられ、カグヤは犬達と目線を合わせるようにしゃがみ込む。

マルチーズとゴールデンレトリバーだ。四つのくりくりの瞳を覗《のぞ》き込《こ》んで、カグヤは思った。

——醜い、と。

揃《そろ》ってカグヤを見上げるマルチーズとゴールデンレトリバーは、一見すればただの犬だ。しかしその二頭の瞳の奥にうじゃうじゃと、黒い蟲《むし》のようなものが見えていた。

（わかりやすい……彼等《かれら》が《女神》ですね）

《女神》はいつも人間の姿を取っているわけではない——その人にとって大切な存在に成り代わるのだ。

「……いつも、ここで散歩をしているのですか？」

【え？　うん。そうだけどどうして——】

「今日はいつから？」

それを聞いて、彼はどこか不思議そうな顔をした。

【いつからってどういうこと？　別に、最初からだけど……】

「最初から——って？　何時何分からですか？」

【いや、だから最初からだよ。ずっと前からそうだったじゃん】

彼の言葉の因果関係が支離滅裂になってきた。彼は今、彼の見る世界の中で生きている。

そんな真司《しんじ》の足下で、二匹の犬がくるくると動き回っていた。

その目の奥に《女神》特有の、蟲《むし》のようなものを見て、カグヤは笑いながら目だけを細める。

犬達は彼を誘い出そうとしているのだろう。

「ごめんなさい私、思い出せなくって。いつからでしたっけ？」

【だからいつからってそりゃ――】

真司《しんじ》は己の記憶を思い出そうとして首を捻《ひね》っていた。

【あれ？　いつからだっけ……】

そこで、思い出せないということに、彼は今しがた初めて気付いたようだった。

そのことに軽い恐怖を覚えたらしい彼は、誤魔化《ごまか》すように無理やり笑顔を作る。

【というか、なんでそんなこと聞くの？　大事なこと？】

「とても。とても大事なことです。鷹村真司《たかむらしんじ》さん」

ふうん、と真司《しんじ》は気の抜けたような声を出す。興味があるふりをして聞きはしたが、心の底ではさほど考えていない――という声だった。

「でも、思い出せないのですね。真司《しんじ》さん。その子達と散歩を始めたのはいつからか……」

【別に……思い出せないからなんだよ。いいだろ？　そんなこと】

真司《しんじ》は少しだけ不愉快な気分になったようだった。本来、思い出せないことなどありえないのに、それに違和感を持っていない。随分と侵蝕されているようだ。

だが、彼はまだ間に合う。

真司《しんじ》には本当のことを言わなくてはならない。真司《しんじ》自身に、この世界を捨てさせなくてはならないのだ。

「真司《しんじ》さん。私の話をよく聞いてください。これは貴方《あなた》にとってとても大事なことなんです」

　真剣な顔になったカグヤに、真司《しんじ》は動揺しつつも頷《うなず》く。

「さっき、貴方《あなた》は自分がどこから来たか、いつから歩いているかを思い出せなかったと思います。それはどうしてだと思いますか？」

【別に、どうしてとか――どうでもいいと思うけど】

「どうでもよくはないんです。……この世界は貴方《あなた》が作り上げた理想の世界。貴方《あなた》は今、人間でないものになっているんですよ」

　真司《しんじ》は眉を顰《ひそ》め、ぽかんとしていた。カグヤの言葉が受け入れられないというより、単に何を言っているか分からなかったのだろう。

　カグヤはその表情、視線すら意に介さずに彼に詰め寄る。

「貴方《あなた》の《女神》は、」

　そしてカグヤは視線を下に下げた。二頭の犬。

「この子達――ですね」

　マルチーズとゴールデンレトリバーは、揃《そろ》ってカグヤを見上げる。

　その二頭の瞳の奥にうじゃうじゃと、黒い蟲《むし》のようなものが見えていた。

【……は？　なにそれ】

「人間を《勇者》という名の化け物に仕立て上げる者達のことです――」

【……あー……】

真司《しんじ》は何かを悟ったような、呆《あき》れたような表情をした。

この人危ない人だ——と思っているのが如実《によじつ》に分かった。あちらの立場からすれば自然なことなので、カグヤの想定内の反応だった。

【そういう関係の人だったのね。……ごめん、俺急ぐから。じゃあねカグヤさん】

適当に誤魔化《ごまか》すように笑ってその場を早く去ろうとする真司《しんじ》。「待ってください」と叫ぶ。

立ち止まるはずだ。

「貴方《あなた》の犬は——その子達は、既に死んでいるのではないですか？」

その言葉をカグヤが発した瞬間。世界の時が止まったような気がした。

散歩道がカグヤの目の前で、捻《ねじ》れるように歪《ゆが》んでいく。まるで紙に描《か》いた絵を、その紙ごとくしゃくしゃにするように。

数秒後、周囲の光景が完全に変わった。彼の周りを取り巻くように、暗く陰鬱なものに変わっている。

ざあああと、周り中で音がする。雨の夜だった。明かりは少なく、闇の中、街灯の明かりだけが奇妙に明るい。

そこはどこかの空き地のようで、そこに、二匹の犬の死体が転がっている。そして真司《しんじ》の足元にはもう、散歩をしていた犬達はいなかった。

真司《しんじ》は一人で、愛犬の死体に相対していた。

心象風景の変化だ。その様子からカグヤは悟る。やはりメロンとミカンは死んだのだ。そして彼は——それを見たのだ。

「……思い出しましたか。貴方《あなた》の犬が、どうなったか……」

【ああ】

その声は深く暗く、そしてナイフのように鋭くて、カグヤは少し背筋が寒くなった。

だが言葉を止めるわけにはいかない。信頼関係は少し微妙だけれど、早く次に進まないと。時間が。

【……どうして思い出させたんだ】

彼の声は怒りに満ちていた。

【それをわざわざ言いに来るのが君の目的なんだな。本当、いい趣味してるよ】

「……戻りましょう、真司《しんじ》さん」

真司《しんじ》の嫌味はともかく、彼女は必死に言葉を重ねる。

「今なら貴方《あなた》は人間の世界に還《かえ》れるんです。彼等《かれら》のことは、その……残念でしたけれど」

真司《しんじ》はカグヤを振り返った。明らかな敵意を持ってこちらを睨《にら》み付けている。

敵意は良くない。予想してはいたことだが。

残念ながら彼は、大切な相手の死を事実として認識してしまった後だ。だから、やっぱり生きているなんて嘘《うそ》は吐《つ》けない。

「真司《しんじ》さん——よく見てください。その子達の目を」

いつの間にか雨は止《や》んで、明るくなっていた。

場所も気付けば元の散歩道に戻っている。快晴の下、真司《しんじ》の表情だけがひどく暗いまま。ただその足元には、死んでいたはずの二匹の犬が元気に動き回っていた。

「その子達は貴方《あなた》の知っている、貴方《あなた》が愛していた犬達じゃないんです」

彼が拠《よ》り所《どころ》とする《女神》の否定。それは偽物《にせもの》であると突き付けること。

「戻ってきてください、真司《しんじ》さん！」

【……こいつらが偽物《にせもの》なら、じゃあ俺はなんなんだ？】

暗い瞳のままで、彼は叩《たた》き付ける。

【俺はどうなってる。何故《なぜ》ここにいる？ アンタ知ってるんだろ】

カグヤはそっと頷《うなず》く。

「人間ではないものとして。周囲を破壊しつくす化け物になっています。私はそんな貴方《あなた》の『中』に入っています」

【ああそう。まあ、そう考えるのが意外と妥当なのかもしれないな。確かにこんな世界、ありえないわけだし】

散歩道に少し風が出てきた。木枯らしのような。寂寥《せきりよう》と喪失の象徴。

「え、ええそうです。だから一緒に帰りましょう、真司《しんじ》さん」

カグヤは手を差し伸べる。空気の壁は彼女の腕を通さないけれど、きっと彼の側からならこの手を摑《つか》めるはずだ。

「今なら貴方《あなた》は人間に戻れるんです。救われるんですよ！　だから――」

【……嫌だ】

と言って、彼はカグヤに背を向けた。もうこれ以上は話すことなどないと、そんな風に。

「嫌だって――だって」

ちゃんと把握してもらったはずだ。

それがあっさりと覆《くつがえ》されて――カグヤは目を見開く。

「だってその二匹は、貴方《あなた》が知ってる二匹じゃないんですよ⁉　家族が偽物《にせもの》になってると知った上で、どうして許せるのですか……！」

カグヤも似たような経験があるから分かる。あの時現れた「偽物《にせもの》の兄」はカグヤにとても優しかったが、それでも彼女は本物の――野蛮で恐ろしい兄を選んだ。

「その子達は貴方《あなた》の、」

【黙ってくれよ】

真司《しんじ》は少しだけ顔を伏せた。何かに耐えるように。

【あんたに俺の何が分かるんだ。急に出てきて偉そうなこと言って。人間の世界がなんだ？

俺にとっては人間の方が怖いし――それこそ化け物みたいに見えたよ】

カグヤは食い下がろうとした。人間の全てが化け物のように恐ろしいわけではないのだと。

そんな、綺麗事《きれいごと》だと自分でも分かっていることを叫ぼうとする。

「少なくとも私はそうじゃありません！　だから」

【……煩《うるさ》いな】

少年の周囲の光景が、一瞬、歪《ゆが》んだ。ぼやけるように、まるで涙が浮いた時の視界のように。

ワン！　とどちらかの犬が吠《ほ》える声が聞こえた。犬達は少年を振り向くと、まるで促すように向こうへと歩いていく。少年は彼等《かれら》のそんな動きに戸惑いを見せるものの、嫌悪感《けんおかん》は抱いていないようだった。寧《むし》ろ、そこに希望を見出《みいだ》しているかのような。

そろり、と一歩、進んだ。壁に阻《はば》まれてこれ以上進めない。

「――ッ駄目です、真司《しんじ》さん‼」

カグヤはそんな彼に声をかけるも、彼は――

「煩《うるさ》いな」とそう言った瞬間、何かが弾《はじ》けた気がした。

弾《はじ》けて、そしてどこからか一筋の光が差した。自分の中に未《いま》だくすぶる暗い闇を打ち払うような光に、真司《しんじ》は思わず目を見開く。

この広大な、どこか幻想的な世界の中で。当ても知れない道の先がその光の下なのだと、そこに行くべきなんだと何故《なぜ》かはっきりと分かった。

【——ッ駄目です、真司《しんじ》さん！】

「……」

しかし、そんな彼を止める存在がまだいる。

緋色《ひいろ》の髪の少女が伸ばした手を、彼はなんの感情もなく見下げた。突き放す気にはなれなかったが、今更遅い、という感情もあった。

【真司《しんじ》さん、貴方《あなた》がどんな人に出逢《であ》ってきたかは分かりません。……けど人間の全てがそうだとは思わないでほしい……！】

あくまでも自分の善性に訴えかけようとする彼女の行動に、その甘さに吐き気がする。何も理解しないまま終わらせてやるものかと、敵意にも似た感情を抱いた。

「分かってるよ」と、苛々《いらいら》を隠さない声音で応える。

「人間の全部がそうじゃないとでも言いたいんだろ？　あの世界に生きてる六十億人くらいの人間が全部そうだとは俺も思ってないよ」

【なら、どうして……】

「俺が出会った人間は全部そうだったからだ」

パッ、と彼女の手を振り払う。「人間の全てがそうじゃない」——よくある子供騙《こどもだま》しだ。何の慰めにもならない。

じゃあその、もう少しマシな人間に、どうして自分は出逢えなかったんだ。

少しはマシだと思った奴《やつ》が、もっと酷《ひど》い奴《やつ》だったんだ。

本当に言ったわけじゃないだろうが、彼には少女が何を言おうとしていたかよく分かった。そんな綺麗事《きれいごと》を堂々と言えるなんて、うらやましい。

自分が恵まれているなど、気付かない、気付こうともしない彼女が。

「メロンとミカンが死んだのは、俺のせいなんだ」

少女はそれに唖然《あぜん》としていた。目を真ん丸に見開いている。

それはそうだろう。死の原因が飼い主の自分だなんてきっと思ってもみなかったに違いない。

【ど、どうして、そんな……】

「……俺がもっと注意していれば」

事故に遭いそうになったのは自分の不注意だった。スマホを見ながら歩いていたのだ。ある空き地の隣の道路で。道が狭くて見え辛《みづら》かったことや、相手の車が電気自動車で接近に気付かなかったこと、運転手も運転手で寝不足だったこと。それらが重なって自分は、本当はあの時死ぬはずだった。――メロンとミカンに助けられるまでは。

今でも思い出す。雨の夜だった。そう、夜だったのだ――どうしてそんな時間に出歩いていたのか。もう思い出せる。あの時本当は、彼は死のうとしていた。裏切られ、絶望の底に叩き付けられて。その様子を感じ取った敏《さと》い二匹が追いかけてきて、それで。

　——殺したようなものだ。

「メロンもミカンも人懐《ひとなつ》っこくて本当にいい子だった。俺の全部だったよ」

【それは……なら尚更《なおさら》、《女神》を——その二匹を受け入れては駄目です！】

と、少女は真司《しんじ》に摑《つか》みかかるようにして叫ぶ。

【貴方《あなた》はまだ《勇者》になって時間が経《た》っていません。まだ人間に戻れるかもしれないんです！　その子達を本当に想《おも》うなら、現世に戻って弔《とむら》いをすることが、】

「戻ってどうなるんだよ」

真司《しんじ》は既に絶望していた。十数年の人生でとっくに人間には愛想《あいそ》を尽かしていたのだ。

「戻ってどうなるの？　なあ……それで俺になんのメリットがあるっていうんだ」

【メリット、って……それは人を、】

「またそれかよ。もうどうでもいいんだ、そんなことはさ——」

真司《しんじ》は急に、目の前の少女が羨ましくなった。

人を傷付けないことは、まるで当人にとって素晴らしいことだと言えてしまう彼女が。

そうせざるを得ないほどに追い詰められた者の気持ちなんて分からないのだろう。

「確かにここにいるメロンとミカンは違うのかもしれないけど」

偽物《にせもの》——だというのは本当は理解している。

「それでもアイツらと一緒にいるくらいならここにいた方がいい」

【真司《しんじ》さん……貴方《あなた》の人生に何があったのですか？　どうして……】

少女は何か痛がっているような、耐え難《がた》いような表情をした。「どうしてそう思っているのかがわからない」という悔し気な顔。

真司《しんじ》は今、はっきりと理解した。

自分と彼女が分かり合うことなどありえない。

だって彼女は、まだ人間——なのだから。

【それに今だって、この外では……私の仲間が】

「ああなるほどね、仲間を助けるために来たんだ」

少し意地悪な言い方をしてやった。

「俺を言《い》い包《くる》めると外で仲間が助かったりするの？　それってつまり俺のことはどうでもいいってことだよな？」

思わぬ言葉にショックを受けたような少女の顔。少し嗤《わら》ってやった。

「こっちを思ってるふりして、結局考えてるのは自分のことだ。……ま、人間なんてみんなそんなもんだけどさ」

期待もしていないから、怒りもない。目の前の少女は悪い人間ではないことは分かっていたし、怒るほどの謂《いわ》れもない。

ただ、彼の心はもう決まっていた。あの光の下に行く。それだけだ。

「じゃ、そういうことだから。じゃあな」

【——ッ⁉　でも真司《しんじ》さん！　このままだと貴方《あなた》は人殺しに……！】

「殺しちゃ悪いのか？　人間なんていくら死んでもどうでもいいだろ」

【そ、そんな……】

「そう思っちまうような人生だったってこと。内容はご想像にお任せするよ」

と、背を向けかけて、真司《しんじ》はあることに思い至った。

あくまで諦めない様子の、そんなふりをしている彼女を見て気付いたことでもあった。

「君さ……俺の思い込みかもしれないけど」

これは最初に会ったときから感じていたことでもあった。

「こっちを見てるようで、君は全然見てない。他の何かをいつも気にして、考えてる。これでも結構多感な方なんだ。誰のためでなく自分のためにそれをやっているようだ」

そんなことはない、と彼女は咄嗟《とっさ》に言い返そうとしたらしい。

けれどその言葉は、途中で出てこなくなった。まるで図星を突かれたような、そんな表情で。

黙っている彼女を無視して、真司《しんじ》はどこか遠くを見遣《みや》る。

「……そうだな。ひょっとしたら俺のような奴《やつ》は他にもいるかもしれないな」

彼女は手馴《てな》れている様子だったから、きっと初めてではないのだろう。

自分のような存在は、きっと他にもいたんだろう。その度にこんなことをしているのかと思ったらちょっと笑えてしまった。無駄なことを。

悪辣《あくらつ》とまでは言わないが、愚かだ、と思った。

「君はわざわざこんな場所まで来た——だから忠告してやるよ、シノハラ・カグヤ」

もう行こうとしているメロンを手で御しながらも、彼は少女に忠告する。

「あんたのそれはただの自己陶酔。無知による暴力だ。助けている立場に酔ってるだけ」

【……⁉】

「果てしないほど恵まれた立場からの蹂躙《じゅうりん》……恵まれているとも思わない、蹂躙《じゅうりん》だとすら気付かない。それを暴力だと分かっていないところも羨ましいけどな」

現実を憎む者がいるなど、想像すら及ばないということに。

「俺のように、すべてを諦めてる奴《やつ》は他にもいるだろう。嫌なことしかない現実に還《かえ》るくらいなら、嘘《うそ》だと分かっててもここで生きる——それを望む奴等《やつら》が」

【そんなこと……！】

「現に俺がそうだ。そりゃ俺だって、救いがあるなら欲しいよ。でもな、その救いはアンタじゃない。何も知らないくせに綺麗事《きれいごと》ばかり言うやつに、俺達を救えるわけがない」

「それを望む奴等《やつら》」の方が寧《むし》ろ多いと、少年は確信していた。現実とはそれほどつまらない、醜いものだからだ。結局会うことはなかったけど、同じ思いを抱く者がいることは知っている。

だから——会ったことも、これから会うこともない彼等《かれら》への、これは餞別《せんべつ》。

「そいつらに対して君は同じことを繰り返すんだろ？　……だからその前に、そいつらのために言っとくけど。君が安全圏から綺麗《きれい》な言葉を言えば言うほど、俺達は、」

光を背に──彼には光に見えるそれを背に。

「現実《そっち》に行きたくなくなるんだ。何も知らないくせに、迷惑なんだよ。分かったらもう、関わらないでくれ」

わん、とミカンが吠《ほ》えた。それを皮切りに、周囲の光景が変わっていく。

確かに彼女の言ったとおりだ、と真司《しんじ》は理解する。ここはただの夢の世界なのだろう。

この世界には、自分と、メロンとミカンしかいない。必要ない。

それを強く念じた瞬間、彼女の──シノハラ・カグヤの周囲を風が包んだ。こちらに手を伸ばす緋色《ひいろ》の少女の瞳に、雫《しずく》が溜《た》まっている。

「……！」

その涙には少しだけ、ほんの少しだけ心を動かされた気がした。

自分のために泣いてくれる人は、生前は一人もいなかったから。

（……こういうやつともっと早く出逢《であ》えていれば、人生も少しはマシになったのかもな）

そして彼は彼女に背を向け、ひらひらと手を振る。背を向けて手を振ってやるくらいの情は出来ていた。本当の意味での最期《さいご》を看取《みと》った彼女に、激励と皮肉と羨望《せんぼう》を込めて。

「じゃあな。……人間」

・・・

シノハラ・カグヤが停止して約三秒後――

《勇者》に動きがあった。カグヤが中の人間と話をつけたのだろうか――しかし、自壊しない。人間にも戻らない。動きがおかしい。

何か嫌な予感を感じ取っていたらしいコユキが、三つ頭の中央の頭を狙う。すぐに頭部に穴が開いた。だが、すぐに自動再生する――何の意味もない。

それどころか。

「ッ⁉」

《勇者》はこれまでで一番の咆哮《ほうこう》を上げた。

雄叫《おたけ》びを上げ、脚を強く踏み締める。まるで飛びかかる寸前のように。覚醒した《勇者》は動きが大きく変化し、左右の頭が醜く変貌した。それまではまだ違いが見えた二つの頭は、まったく同じ化け物の姿となる。

カグヤがまだ、近くにいる。

「……クソッ‼」

暴れ出しそうな《勇者》のすぐ隣で、カグヤはまだ停止していた。瞳に光がない——それはいつものことだが、アズマはぞっとして思わず彼女の手を引く。

「おい——中尉！」

「あ、アズマさん……？」

驚いたような表情の彼女を無理に抱えて走る。重い。

後ろ向きに担《かつ》いだから彼女の視線はアズマの背後にある。すると彼女は突然、ばんばんとアズマの背を叩《たた》いた。

「あ、アズマさん後ろっ！　来てます‼」

返事をする前に、アズマは前に飛ぶ。カグヤの悲鳴が聞こえたが無視した。

「中尉！　後ろのどこだ！」

「あっ——追ってきてます、しっぽが！　右から来ます‼」

同時に背後に気配を感じ、左に逃げた。この《勇者》の尾は直径が大きく、長さは未確認だ。下手に頭を下げたり跳ぼうとするよりは、脚を使う方がまだマシだ。

同時に反転し、《勇者》を視界に収める。暴れる三つ頭《ケルベロス》は、最後に見た時の二倍ほどの大きさに膨れ上がっていた。

（まさか——完全に《勇者》に成ったのか……！）

《勇者》とは二段階ある。まだ《女神》に絆《ほだ》されていない「なりかけ」と、《女神》を受け入れてしまった完全なものだ。《女神》を受け入れてしまえば、人間に戻ることは出来ない。その前にカグヤが引き戻す——そういう手筈《てはず》だったのに。

「中尉、一体何があった？」

「拒絶されました」

後ろ向きに抱えたから、カグヤがどんな顔をしているかアズマからは見えない。

「拒絶？」

「ええ……自分が化け物になっていると知っているのに、彼は現世に戻るのを拒んだのです。関わらないでくれと、そう言って」

アズマは、それを聞いて驚きはしなかった。そういう選択をする者が出ることは予想していた。特にこの《勇者》は元々自殺者だ。自ら現世を捨てた者が簡単に戻れるとはアズマは思っていなかった。カグヤがそれを予想出来ていたのかは知らないが。

「そうか——仕方がない。その分では恐らく、自壊を誘うのも難しいだろう？」

「……ッ、ええ、そう……ですね」

「なら後はこちらの仕事だ。どこか安全な場所にでも隠れてろ！」

カグヤを無理矢理、《勇者》から死角になる建物の近くに置き去りにした。一人、《勇者》に向き直る。猛犬に最早《もはや》人間の面影はなく、中央の頭を覆う闇は一層深くなっている。

終わりが近付いていた。どちらにとっての終わりかは分からない。

勇者
出現

鷹村真司
（18）

出現場所：東京都内
個体：《戦士型《タンク》》と推定

HERO-SYNDROME

——いまさら、
救おうと
なんてするな。

（まずいな。ここで倒さないとまた――）

以前、アズマはカグヤに聞いてみたことがある。

「仮に《勇者》の卵が壊せず、誰も止められなかったらどうなるのか」と。その時の答えは
「おそらく《女神》に成るのではないか」というものだった。

《勇者》が繁殖活動をしているなら、その成体は《女神》であるはずだ、と。

――過去に斃《たお》せなかった《勇者》達が、今の《女神》となっているのだと。

つまりは《女神》も、元を辿《たど》れば人間だったのだと。

（《勇者》を斃《たお》さないと、また《女神》が生まれる）

武器は銃だけだ。流石《さすが》に地面からは届かないだろう。しかも奴《やつ》の首元の――あの厚い肉を、
果たして銃弾だけで破れるのかどうか。それが問題だった。

アズマは奔《はし》る。目指すは《勇者》の背。

首元の肉は厚いが、後頭部――人間でいううなじに当たる部分ならば比較的肉が薄い。刀ならば一発で貫けるが、いくらクロノスとはいえ銃では、アズマは心許《こころもと》なかった。

何メートルもある化け物の背に飛び移るには相当な跳躍力がなくてはならない。しかしアズマは――何かを苦にするでもなく、あまりに簡単に犬の身体《からだ》に飛び付いた。

「……ッ！　ぐ、う……」

必死に体毛に摑《つか》まる。残念ながら背までは届かなかったものの、前足の付け根に近い場所に

取り付くことが出来た。だが、飛び付いただけだ。体勢が立て直せない。

刺せるものさえあれば簡単に動けるのに——これまで刀に頼り切っていたことにアズマは後悔した。この銃では一撃で壊すのは無理だ。

(いや、壊すまでする必要はない)

アズマは、他の隊員の場所をさっと確認した。リンドウは《勇者》の腹の下に回り、脚を攻撃している。——喉からは遠い。露出させて壊させるのは難しそうだ。コユキは遠方から狙うものの、動きが激しい上にアズマが近くにいるためなかなか手を出せない。

「——ッ‼」

急に動きがあって、振り落とされそうになった。バランスを崩し落下しかけるも、すんでのところでしがみつく。その体勢から彼は無理やり後頭部に銃口を押し付け、引鉄《ひきがね》を引いた。

重い銃声が響いて、《勇者》は再び啼《な》いた。二発——三発。追撃。だが思った通り、貫通せず《勇者》の内部で止まっている。

しかも。

(『卵』には当たってない——!)

卵の鼓動がまだ消えない。肉に埋まりはしたが掠ってもいないのだ。

動くわけでもない卵を前に、これは失態だ。見えていない的を狙うのは矢張りまだ不向き。

視界に入らない的を撃ち抜く——そんなことを簡単に出来るコユキがおかしいのだが。

（だからってこの距離で外すのはまずい……！）

至近距離で外すということはつまり、それだけ反撃の機会を与えるということ。

案の定——《勇者》の蟲《むし》のような唸《うな》り声《ごえ》の質が変わった。警戒・不快から、攻撃の意思に。

再び構えかけて、しかしアズマは撃ちはしなかった。

（同じことをやって当たるとは思えない。無駄にするだけだ）

やはり自分にはアレでないと、とアズマは改めて思った。

アレと呼ぶくらいには、アズマは己の武器に執着がない。ただ使い易《やす》い、それだけだ。刀なら最悪、当たれば斬れる。わざわざ狙いを定めてやる必要もないから、戦闘の最中に細かい神経を使うこともない。見る、定める、撃つの三段階を必要とすることでアズマの戦闘効率は落ちている。

【シャアアアアアア！！！】

三発の弾丸——至近距離から撃たれたそれに《勇者》が反応しないわけがない。雄叫《おたけ》びを上げ、まるで煩《うるさ》い虫を払うかのように身体《からだ》を思い切り暴れさせた。

「……ッ!!」

《勇者》の、ごわごわとした本当の犬のような体毛に片手で必死にしがみつく。《勇者》の頭はアズマの体長ほどもあり、自らを喰《く》い散らそうとする牙が視界の端にちらつく。

不意に身体《からだ》の重心を失った。《勇者》自体が大きく跳んだのだ。その高さたるや商店街が玩具に見えたほどで、太過ぎる首を身体《からだ》で挟むようにしてしがみ付いていなければ強《したた》かに地面に打ち付けられていただろう。

『アズマさん！　大丈夫ですか⁉』

疎《まば》らに聞こえるカグヤの声。しかし周囲に気を配っている余裕がない。

《勇者》は遠く跳び、商店街の建物を複数巻き込み着地する。轟音《ごうおん》とともに、薬局や本屋だった建物群が無惨《むざん》に破壊された。その瓦礫《がれき》を下に眺め、傍《そば》にある唯一無事なモノを見て――アズマはここでようやく《勇者》の本当の狙いに気付く。

（磨《す》り潰《つぶ》す気か――‼）

獣が身体《からだ》に付いた虫を払うように。壁に身体《からだ》を打ち付けて害虫を殺すように。身体《からだ》と建物の間にアズマを挟んで磨《す》り潰《つぶ》すつもりなのだ。飛び回ったのは、《勇者》の身体《からだ》に見合う大きさの建物がなかったからだ――商店街の看板の柱を除いては。

「ク、ソッ‼」

動かなければそのまま粉にされる。しかし手を離せば落下し、地面に激突する前に三つ頭のどれかに噛《か》み殺《ころ》されるだろう。どちらがマシかと一瞬考えかけ、アズマは第三の選択、つまり《勇者》の頭上へと回り込むことにした。移動速度に追いつけなかった《勇者》が無意味に自分の身体《からだ》を柱に打ち付け、痛みからか一瞬動きを止める。頭上に回る時間を稼ぐには充分だ。

《勇者》の思考などアズマは知りもしないが、彼等《かれら》が生物という括《くく》りであるならば――自らの頭を躊躇《ちゅうちょ》なく柱にぶつけることは難しい、はず。

（賭けだな。だが――）

仮にそうでなかった場合は、奴等《やつら》は正真正銘の化け物であるともいえる。アズマにとっては中々愉快な事実でもあった。彼にとってはまだ《勇者》とは慈悲をかける存在ではない。

【アアアア――】

害虫が頭上に移ったことを把握したらしい《勇者》が、ぎちりと嫌な音と共に首を上に反転させた。首と繋《つな》がった三つ頭の全てが上を向き、アズマは当然ながら下に振り落とされる。

《勇者》の首はずたずたになっていた。

「こっ、の……！」

化け物め。

口をついて出そうになった言葉を、きっと聞いているだろう彼女のために喉奥に押し込む。

ギチリと肉が詰まる音とともに再び反転し下を向いた首は、空中で回避行動が取れないアズマに再び向き直った。

その時の《勇者》の――左右の頭が浮かべた表情を見て、チッ、と舌打ち。

嗤っていた。正確には、獲物を嚙《か》み殺《ころ》そうとする際の威容がそう見えただけなのだろうが、アズマにとっては大して違いはない。相手はただの化け物だ。何も気にする必要は――

その時。アズマの視界がザザッ、とノイズがかかったようになる。《勇者》の周囲だけがまた、幻視のように歪《ゆが》んだのだ。

そして、――はっきりと見えた。

(あれは――⁉)

顔の黒い部分のその奥が、まるで透けているかのようによく見えたのだ。

人間の顔に。幸せそうな少年の姿に。顔を知らずとも分かった。それが誰であるか。この勇者の元となった人間だ。だが――

(幸せそう、だと……⁉　こんな顔がか!)

しかしそこに張り付いていたのは、まさに狂気の笑みだった。

焦点が合っていない。居ないものを愛《め》でているような、寒気が走る笑みが張り付いていた。

だがその幻覚も一瞬にして消え、後に残ったのは醜い犬だけだ。

先程見えた顔が、いやに視界に残った。元人間だということは知っていたけれど、実際に目にしてしまうと躊躇《ためら》いが生じる。それ以上に今見たものが恐ろしくて――恐ろしい？　何故《なぜ》？

カローンの隊長である自分が？

(あれはただの《勇者》――もう救う手立てのない者だ)

自分を丸呑《まるの》みにしようとする犬の頭蓋を、アズマは冷静に見る。

しかし先程見えてしまったものは、彼の心に小さな細波《さざなみ》を起こしていた。

アズマは空中で非常に不自然な姿勢になっていた。ただでさえ振り落とされた後だ。上手《うま》く

体勢を立て直せないまま、牙が迫って──

『アズマさん‼』

脇腹を熱いものが掠った。それが犬の牙であることに少し経《た》って気付いた。牙といっても端を掠っただけではあるが。それでも人の身には大きなハンデ。

血が──意識が。まずい。

痛みは「まだ」感じない。ただ衝撃と、失血による視界の明滅が彼を襲った。一瞬遅れてやってくる燃えるような熱さから、アズマは無理に意識を離す。

しかし左半身に力が入らない。創傷部から身体《からだ》が引き千切られそうだった。

『アズマさん‼』『アズマ‼』

目の前に、《勇者》。

受け身も回避も取れず絶体絶命の状況で。一瞬後には無惨《むざん》に身体《からだ》を食い千切られると、誰もが容易に想像できる状況で。

しかしアズマは、笑った。これでもかなり無理をして。

「──いいや問題ない。寧《むし》ろ好都合だ」

ちょうど良く、中央の頭の目の前に来ていた。

体勢を整えるまでもない。頭から落ちていく中、上を見上げて狙いを定めた。犬の《勇者》の大口が見えた。自分を食い千切ろうとしている大きな白濁色の牙が。

そして——見えた。その奥にある『卵』。

そこに居る少年の姿。

「……ッ‼」

見ないようにした。

自身が落ちながらという不安定な体勢ではあるが、幸いなことに的は勝手に向かってきてくれている。しかも都合の良《い》いことにまっすぐに。

この距離ならば。アズマは狙いを定めるのが下手ではあるが、見えているものすら当てられないほど無能ではない。

吸い込まれるように「卵」に銃口を向けた。心臓が波打っているような音が、アズマの鼓膜を打つ。ここにいるのだと自ら主張しているようなその声に、迷いなく何の躊躇《ちゅうちょ》もなく。

——一瞬、その姿が脳裏を過《よぎ》った。

だがすぐに覚めた。

「さよならだ。《勇者》」

静かに引鉄《ひきがね》を引いた。捨《す》て台詞《ぜりふ》と共に放たれた最後の一発は口内を走り抜け、三つ頭が繋《つな》がる喉に着弾——

【—————————‼】

——泣き叫ぶような咆哮《ほうこう》とともに、『卵』は呆気《あっけ》なく破壊された。

四　自覚

アズマの怪我《けが》は大したことはなかった。

――と、本人はそう主張していた。

ただ左の脇腹を少し抉られただけだから問題ない、と寝言を言うアズマを皆で無理やり輸送車の最後部席に押し込んで、事後処理組への引継ぎのために残った数人以外は同乗する。

カグヤはアズマのすぐ前にちょんと座っていた。軽く伏せた瞳から覗《のぞ》くのは、とても戦勝終わりとは思えない悔恨。

カグヤにとっては勝利ではないからだ。結局彼を助けることは出来なかった。

そしてもう一つの原因は、カグヤの後ろで横になっている。

明らかな大怪我《おおけが》だが、戦闘後のアドレナリン過剰放出と、半ば無理矢理ぶち込んだ鎮痛剤で痛みもあまり感じていないらしい。寧《むし》ろやりすぎとすら思っているようだった。

「アズマ、お前――大丈夫か？　随分平気そうな面してるけど」

「ん？　ああ。問題ないよこのくらい」

「一応お前、腹に穴開いてんだがな。鎮痛剤ぶち込んでるとはいえ顔色も変わらないとは」

どれほど頑丈なんだ、とリンドウはその視線で語っている。

「まあ確かに、アズマほど頑丈なら死んだりはしないだろうし、その傷だってすぐマシになるんじゃない？　ただでさえアンタ、無駄に体力あるからね」

「それはそうだが……ッ！」

顔を歪《ゆが》めて再び身体《からだ》を寝かせたアズマ。カグヤは思わず後ろに身を乗り出した。車の振動で少し痛んだらしく、アズマは「大丈夫」というように手のひらを差し出す。

「アズマさん、やっぱり救急車とか使った方がいいんじゃ……」

「……ああそうか、中尉は知らないか」

アズマは青くなりながら笑う。

「こういう怪我《けが》をしても、俺たちは一般向けの病院には入れない。どう見たってこれはただの怪我《けが》じゃないから」

脇腹の裂傷。下手すれば大事になりかねない。

「専用の施設があるんだよ——ミライ少佐のような協力者がやってるような場所だ」

もともと殲滅軍《せんめつぐん》を支えているのはそういう、元殲滅軍《せんめつぐん》にいた大人たちだ。流石《さすが》に彼等《かれら》は早々《勇者》を忘れたりはしない。言っても無駄だから世間に訴えてなどはいないが。

アズマを医務室に送った後、カローンの隊員はそれぞれ自室に赴く。怪我《けが》をしている——アズマに比べれば相当な軽傷だが——リンドウだけは一人、医務室に足を向けていた。

「まーそんな落ち込んだ顔すんなよ」と、行きがけに珍しく声をかけてくる。

「別にお前が悪いってわけじゃない。まあ——仕方ないことだ」

「そうだよカグヤ。アンタは最善を尽くした。一回失敗したくらいで落ち込むことないって」

コユキもカグヤの背後から出てきてそんなことを言う。

「カグヤがこれまで助けた人たちのこと考えたらさ、まあ言い方は悪いけど、一度や二度くらいって思うもの。しょうがないよこれは」

失敗という言葉にカグヤは反応してしまった。確かにこれは作戦上では失敗というだけの話だが。仕方ないことなのだろうか。

一度や二度の取りこぼしだ。だがその「一度」は、彼の人生でもあったのだ。

《勇者》の中の人に拒絶された時点で、カグヤはすっぱり諦めるべきだった。そうすればアズマも怪我《けが》をしなかっただろう。どちらも選ぼうとした結果、どちらにも被害を出した。

分かってはいたことだった。

相手は《勇者》だが、元人間なのだ。元が人間ということは、全員が同じ考え方をするわけではないということでもある。

少年の言葉が今も刺さっている。

——【こっちを思ってるふりして、結局考えてるのは自分のことだ】

覚えがないわけではなかったのだ。犬の《勇者》の人間に対して、カグヤは確かに傲慢だった。

人の気持ちとは本来、誰かに御せるものではない。

「私達は人間です。《勇者》も元は人間だった」

人間の心や意志に、同じものなどひとつもないのだ。カグヤがどれだけ言葉を重ね尽くそうと、それでも受け入れない者はいる。

けれど、ちゃんと話をすれば受け入れてもらえると、そう思い込んでいた。その理由は、きっとかつて自分が人間に戻れたから——

「誰もが救いを望んでいるわけじゃない」

——【分かったらもう、関わらないでくれ】

その声が今も耳に木霊《こだま》する。事実を知ってなお、それを拒否する者達。

「タカナシ少尉ともう一度、話さなければなりませんね——」

四—二

数時間後。

ハルは広間でまだ寝ていた。

気絶したが外傷のない彼女は、医務室には運ばれなかったのだ。戦闘終了から三時間は経《た》っているが、起きる気配を見せない。

カグヤはコユキに黙って抜けてきていた。ひとりの方が話をしやすいかと思ったからだ。

（静かね）

ハルを無理やり起こす気にはならず、資料を纏《まと》めている。アズマのレポートもその中に入っていて、なんとなしに読んだ。最新のレポートは昨日のものだ。

（昨日は——ああ、そういえば偶々《たまたま》時間があったので一緒にご飯を食べたわね）

当然だが、カグヤに関することが多い。

「顔面部の赤面、過緊張、味覚異常……」

記載されている情報を要約して読む。カグヤとの食事中、脈拍が上がり、食事に集中できず味が全くしなかったとあるのだ。おまけにその後カグヤと別れた際、理由の分からない喪失感に襲われたという。

「……自律神経系かなぁ」などと呟《つぶや》く。

これも何か関係があるのだろうか、とカグヤは思った。流石《さすが》にこの後遺症は違うかもしれないが、アズマは最近何かを怖がっているようにも見えたし——

ぐるるる。と、そこでカグヤの腹が鳴った。

「う……」

食事についての話を読んだからだ。

カチコチ、と秒針が進む音の下。寝息を立てるハルと、資料を纏《まと》めるのもそろそろ飽きてきたカグヤ。すぐそこには広間備え付けのキッチン。

　カグヤは食欲に滅法弱かった。キッチンの方を見て、そして言い訳する。

「ガス使わなきゃ大丈夫だよね……」

　確か野菜がいくつか入っていたはずだから。適当に切って調味料をかければ立派な夜食だ。

　そう決まったら、とカグヤは動く。料理は得意な方だ。

「えーっとこの辺に」と共有の野菜冷凍庫を開ける。キュウリとキャベツがあったので、洗ってまな板の上に出した。

　深夜、誰もいない広間に、野菜をそっと切る小刻みな音が響く。冷蔵庫の横でレトルトのスープを見つけたので、ついでにレンジにかけた。チン、という音が意外と大きくて、少しひやりとしたけれど。

（ま、こんなもんでいいかな）

　夜食はキュウリとキャベツの和《あ》え物《もの》、レトルトのスープ、そしてツナ缶。どれもありふれた、寧《むし》ろ安価な方に入るものだが、深夜に食べると何故《なぜ》か極上の味がする――そんな面子《メンツ》だ。

　いただきます、と心で言って、まずスープをいただこうとした時。

　もぞり、と誰かが起き上がった気配がした。当然、ハルだった。

「……何してるの」

「あっ、タカナシ少尉――えっと……」

怒られると咄嗟《とっさ》に思った。しかし何故《なぜ》か風紀に煩《うるさ》いはずのハルは何も言わず、カグヤのスープに釘付《くぎづ》けだ。

「いいにおいね」

ハルはふらふらと近付いてきた。カグヤが今しがた食べようとしていたスープに。

「お、お腹《なか》空いてるんです、か？　というか、大丈夫なんですか？」

ハルは少し考えた後、頷《うなず》いた。

カグヤはそれを聞いてほっとした。食欲があるならばそれほど大事ではない。

「あ、じゃあ何か作りましょうか、私」

「いえ……いいわ。自分でやるから……」

そして彼女はキッチンに立つ。カグヤはハルの、寝ぼけて覚束《おぼつか》ない動きを見る。

ハルは冷蔵庫の横の棚から、カグヤと同じようにレトルトのスープを取り出した。レンジで温めるタイプのものである。

それをハルは迷わずフライパンの上に袋ごと放って、そのまま火を、

「ま……ッ！」

ギリギリでカグヤが止めた。

「ちょっと何やろうとしてるんですかっ……!?」

「？　何って、レトルトを温めようとしただけだけど」

「フライパンで暖めようとしてどうするんですか！　しかもスープを！」

ハルは本当に分からないという顔をした。

「レトルト食品って火で温めるものでしょう？　あ、それともカローンではそういうローカルルールがあるのかしら」

「いやローカル以前に……それだとその周りの袋も溶けるか焼けるかするじゃないですか。いつもどうしてるんですか？」

「どうするもこうするも、これも食べるものでしょう？　いつもそうしてるし」

衝撃的な言葉である。

「貴女《あなた》の胃はどうなっているんですか……!?」

「それは貴女《あなた》にだけは言われたくないわね」

ハルは呆《あき》れたような顔をした。

「ああでも、この方法は違ったのね。初耳だわ」

「初耳も何も袋に全部書いてありますけど……」

ハルはそれを無視した。

結局レンジで温めたスープ。お皿に移すことを考えたようだが、洗い物が増えるのを遠慮したのだろうか、彼女はなんとそのまま食べ始めた。意外と雑である。

で、と彼女は切り出す。

「何か用があったんじゃないの？　起きるのをわざわざ待っていたのだろうし」

「……」

見透かされているのが少しだけ気に入らなかった。

彼女のことを知りたかった。その目的も、正体も。だから、静かな部屋にスープの暖かい香りが混ざる中、そっと問う。

「前に言ってた、その――救いを望まない者というのは」

そして、自重した。ハルにとっては大切な相手なのかもしれない。その過去を、自分の気を晴らすためだけに暴《あば》くのは無神経だ。だから直前で問いを変える。

「タカナシ少尉は――その、本当は何を目的とされているんですか？」

予想外の言葉だったのか、ハルはスープから目を上げた。

「どういうこと？」

「私、調べたんです。ここの監査項目は複数ありますが、全て書類記録と、カメラによる映像記録で事足りる。彼等《かれら》の監査の多くは形式的です。本当に出てくる必要性はないんですよ」

「何――それを聞くために私が起きるのを待ってたの？」

ううん、とハルは目だけを細める。他の表情筋は動かない。

「それを言ったとして、どうするの？　私に何かメリットがあるのかしら」

淡々と聞かれたことに、カグヤは少し逡巡《しゅんじゅん》する。

逡巡《しゅんじゅん》して、決意して。目を合わせた。

「私が何をしているか、お教えすることが出来るかもしれません」

ハルははっきりとカグヤを見据えた。

「貴女《あなた》、分かってるの？　私は貴女《あなた》の粗探しのために来ているのよ？」

「知っています。でも、粗探しの理由によっては分かり合えるかもしれないから」

「急に殊勝になったわね。今日、何かあったのかしら」

ハルはあまり興味も無さそうに零《こぼ》したものの、決して本当に無視しているのでないことは分かる。今日何かあったのか、という言葉に、ハルは何かを察していることをカグヤは悟った。

「だけど、何をしたかは分かる。貴女《あなた》の接触で一度は《勇者》が消滅し、一度は《勇者》が活性化した。彼等《かれら》の『何か』に干渉しているんでしょう。カローンとは違うアプローチで」

「⁉　ど、どうして――ずっと気絶していたのに……」

「貴女《あなた》の顔で分かるわ。砂の《勇者》の戦闘のあとの表情と違い過ぎる。目線も落ちがちだし、少なくとも何かに失敗したのだろうことは容易に想像がつく」

それに、とハルは、カグヤが用意した夜食に目を遣《や》る。

「貴女《あなた》にしては――少ないんじゃないかと思って」

スープと野菜とツナ缶。カグヤにしては確かに少量だ。夜遅くの食事とはいえ。

「……よく見てますね、本当に」

「それが仕事よ。もう少しよく見ようとして、今日は気絶してしまったけれど」

流石《さすが》に勘と頭が良い。否定が無駄だと悟ったカグヤはそのまま聞き続ける。

「そして貴女《あなた》は砂の《勇者》の時はその干渉が成功し、今日はそれに失敗した。ただそれだけの話ね」

さら、と髪をかき上げる。細い指が碧色《あおいろ》の髪を擽《くすぐ》る。洗練されたその一連の動作が、何故《なぜ》か今はとても怖い。

「でも『ただそれだけ』に留まる話じゃないんでしょう？　貴女《あなた》の場合は。誰かを救うとかそんなこと言ってたものね。今日『何か』に干渉するのに失敗したことと関係がある？」

何も言えなくなったカグヤは目を逸《そ》らす。

「知っての通り監査所は怪しいと思う者を抹消するところ。最初期の殲滅軍《せんめつぐん》は統率を取るのがとても難しかったと聞いているからその名残でしょうけど」

最初期は有志で結成された殲滅軍《せんめつぐん》だが、当時は組織力が乏しく厳格な規律が必要だった。今はまだしも当時は大人が介入することもなく、治安は分かりやすい武力に頼っていた。

現在はある程度保たれているが、その名残が残っていることがある。

「つまり何が言いたいかというと、私は私の目的のために容赦しないし、貴女《あなた》を売るのも別に心は痛まないということよ。というか、そもそもどうして貴女《あなた》が興味を——」

「——知りたいんです」

ハルを遮って。カグヤはもう迷わなかった。

「以前言っていた、救いを望まない者——その人のことと、今少尉がここにいることが無関係だとは思えません。だから彼等《かれら》のことを理解したいとそう思いました」

「……それは研究員として？」

カグヤは緩く頷《うなず》きかけ、ややあって首を横に振る。

「人間として」と、答えた。

「——救いを求めない、望まない者達を。彼等《かれら》とも向き合いたい。誰も零《こぼ》したくないので」

「……無理だと、思うけれど？　全てを諦めず放り出さず向き合うことなんて。絶対に出来るわけがないわ。貴女《あなた》自身が潰れるだけよ」

「ええ。その覚悟も出来ているつもりです。口だけのお姫様にはなりたくないので」

それは決して、小手先でどうにかしようとするのではなく。

己の役割に甘んじて小さく閉じこもろうとするのでもなく。

難しいけれど全てに向き合うということを。

「ふうん」と、ハルは少し感嘆したような声を上げる。

「聖女気取りのお姫様と言ったのは……撤回させてもらうわ」

「え……」

「お姫様はそんな目をしないもの。そんな、何もかもを一人で背負って抱え込もうとする目は。

そんな覚悟を見せられたら、答えないわけにはいかないわね」

カグヤにとっては少し心外な言葉であった。そんなつもりではなかったから。

背負って抱え込んでいるのだろうか。今の自分は。言われてもあまりピンとこない。

カグヤをしっかりと見据える。澄んだ翠色《みどりいろ》の視線がカグヤを射貫《いぬ》いた。

「私の——目標は」ひと呼吸置いて。

「誰も《勇者》にならない世界を作ることよ」

「誰も《勇者》にならない……？」

「ええ。人間が《勇者》になるのは《女神》と呼ばれる存在のせいだということは知ってるわ。特定条件があるということは、その条件を看破して絶対にそうならないようにすることも出来る。これが私の最終目標」

「どうやって……」

「……それを今探しているところなのよ」と、どこか拗《す》ねた声を聞いて、カグヤは直感した。

ハルは本気だ。本気でそう考えている。

ハルの目的とカグヤの目的は少しだけ違う。ハルは予防策を張るのを目標にして、カグヤは病魔に侵された者を助けることを目標としている。

違っても見ている場所は同じ。カグヤと同じ、理解され難いその目標を、カグヤは素直に尊敬した。けれど同時に躊躇《ちゅうちょ》もした。

ハルの目的を達成する端緒となる事実を、カグヤは知っている。実際にカグヤは《勇者》化を阻止した。けれどこの事実を伝えることは即《すなわ》ち、認めるということだ——カグヤが本当は何をしているのかということを。

「何故《なぜ》、そう思ったんですか」

だからカグヤは、その真意を問う。ハルの中にも何か、そう思い至る理由があるようだから。

「そこまで言わなくちゃならないかしら。理由なんて貴女《あなた》には関係ないでしょう」

「ありますよ。大いに」カグヤは身を乗り出す。

「貴女《あなた》も知ってるのでしょうけれど、私は《勇者》を人間に戻すための研究をしています。何故《なぜ》——私がそれを願っているのは、以前大事な人が目の前で《勇者》になるのを見たからです。だから私は、人間に戻れればと——そう思いました」

ハルは少し目を瞠《みは》った。

「その人というのは誰？　貴女《あなた》はカローンに入る前から志していたようだから、アラカワ・サクラ少尉じゃないわよね」

「兄さんです。私の……」

正確には彼は《勇者》になったわけではないが。《勇者》になったと思い込んだだけだ。

（あれ……？　それなら、兄さんは……）

芽生える疑問。あの時、自分の誤解でなければ、確か兄も自分の精神に入って来たのだ。

いったい何故《なぜ》。カグヤが「入れる」のは一時《勇者》になりかけたからだが、彼は——？

「そう。それで貴女《あなた》は——もとに戻したいと願ってそれを志したのね」

ハルの声に引き戻される。

「私にだって理由はある。大事な人が目の前で《勇者》になった。貴女《あなた》と同じよ——」

ハルは感情的に捲《まく》し立《た》てた。まるで何かを、堪《こら》えて抑えていたものを吐き出すかのように。

「——理想ばっかり見てるような人だった。誰も彼をも救おうとして、それが無理だと分かっていても自分を犠牲にしてまで頑張って——それなのに最後は」

言葉を切る。その後に続いていただろう言葉は容易に想像できた。

それなのに最後は。人殺しの化け物として。

「——彼はそれを受け入れた」

「受け入れた……⁉」

「……監査所に異動になったのは所属していた隊が壊滅したからよ。二ヶ月前、秋葉原で」

二ヶ月前。秋葉原。

「あの刀の《勇者》が出現する直前の話だけれどね。瀕死になった彼の前に《女神》が現れた。貴女《あなた》ももう知っているでしょうけど、《女神》に狙われた者は、《勇者》になる前に死ぬことになっている」

「……」

「私が殺そうとした。けれど――彼は、死にたくないと。《勇者》になる方がまだマシだとそう言った。結局《勇者》になって――それは結局、カローンに斃されたけれど」

「……どうして、そんな……」

精神世界の存在なんて知らないのに。

「人間であることに疲れたのかもしれない。あるいは、それほどに現実に絶望していたか。ただ死ぬことすら膿《う》んでしまったような」

今日出会った真司《しんじ》と同じだ。――救いを求めない者もいる。

「そんなものを、あの化け物になるのを見てしまったら、もう二度と同じことが起こってほしくないと考えるのは当たり前だわ。誰だって同じことを思ってるわよ」

「……そう、ですか」

ハルも同じ、だったのだ。同じ光景を見た結果、カグヤは《勇者》を人間に戻したいと願い、ハルは《勇者》にならないようにしたいと願った。そこになんの違いがあるというのか。

だから、どうしてもある疑問が頭をもたげていた。彼女の望みをかなえるならばもっと他にやりようはあったはずなのに、それこそ技研《ぎけん》に入るという手もあったのに、彼女は何故《なぜ》カローンの――カグヤの監視をしているのか。そんなに暇でもないだろうに。

「そんな大事な目標があるのに、どうして監査所なんかに？　そんな意味なんてないのに」

「……必要なのは情報」

何故《なぜ》か悔しそうな声で、彼女は吐き出す。

「異動になったのは先月のことよ。同時に貴女《あなた》を監視し、陥《おとしい》れるという密命を受けた——その対価は情報。《勇者》に関して得られるすべての情報を——特に三十年前、出現当初の情報を私に渡すこと」

「……⁉」

驚愕《きょうがく》で息を呑《の》みかけた。三十年前の記録は確かにカグヤが探しても出てこなかった——けれど確かに、誰かが持っている可能性はある。

「そんな——そ、それで……⁉」

「そうしたらいつか、人が《勇者》になってしまう理由を見つけられるかもしれないって。そう思った。技研《ぎけん》に入れるほど頭もよくない私が考えた結果よ」

《勇者》出現当初の記録は見つからず、カグヤも困っていた。カグヤは《勇者》を人間に戻すために、ハルは人間を《勇者》にしないように、同じものを求めていたのか。

「二か月前の無断出動——」

甘やかな、そして凍土のような。それでいてどこか熱い、覚悟のある声。

「その時に《勇者》は霧散した。……何か知ってるんでしょう。貴女《あなた》。それが、カローンが貴女《あなた》を特別扱いする理由なのでしょう」

知っている。そうだ。隠す道理などない。けれどカグヤの脳裏に過《よぎ》るのはカローンの隊員。

隠し立てしているのを咎《とが》められはしないか。彼等《かれら》に迷惑がかかるのではないか――

「大丈夫よ。カローンについては何も言わないから」

ハルはその翠《みどり》の瞳の奥に、真摯な光を宿す。

「私は約束を破らない。何があってもカローンには影響を及ぼさないようにする。そもそも彼《かれ》等《ら》がいなくなったら困るし、ね」

カグヤは逡巡《しゆんじゆん》するように視線を逸《そ》らす。

信じるに値するか。しかし裏切るとも思えなかった。

タカナシ・ハル。情報統括兵科から来た、カグヤを監視するための新入り――

――そして己の夢に手段を問わずに邁進《まいしん》する、本当は誰よりも勇気がある人。

ほんの数秒考えて肚《はら》を決めた。ここでも疑うようならばもう、何も信じることなどできない。

「研究目的というのは嘘《うそ》です。発作でもありません。私はあそこで、本当は――」

・・・

カローン隊舎の医務室にて。

他から隔絶されているかのように小さな個室に、アズマは『収容』されていた。先の戦闘で、自然治癒に任せられない怪我《けが》を負ったためである。

正直退屈以外の何物でも無かった。噛《か》まれたとはいえかすっただけだし、治りも早いのだろうし、麻酔されているから痛みもない。

「このくらいで大袈裟《おおげさ》だな……」

そっと右眼《みぎめ》に手を添える。その中から響くのは、絶え間なく続く卵の鼓動。漸《よう》く気にならなくなって来たが、静かな自室に一人でいるとどうしても聞き立ってしまう。それが二つ目の心臓のようにも思えて、アズマはどこか不快な気分になっていた。

といっても、音が聞こえるのは自分だけだ。それも、邪魔になるほど聞こえるのはこういう静かな時だけだから普段は何とも思わない。

カローンの面々に思いを馳《は》せる。アズマは治療期間に入って以降、出動禁止となってしまった。それは当然の話だが、やはり一抹の不安が頭に残る。

「……チッ」

気に喰《く》わずアズマは舌打ちする。自分が今怪我《けが》をしている原因を考えてしまったから。

一度《勇者》化しかけたことによる後遺症。《勇者》が違う姿に見えてしまうということ。

——人間だった。あの奥に見えたものは確かに、人間の顔だった。箍《たが》が外れた笑みを浮かべた人間だった。

「冗談じゃない」

誰も居ないのに声に出して呟《つぶや》く程度には、アズマはこの後遺症を忌避していた。戦闘に支障が出ている。ほんの一瞬ではあるが躊躇《ためら》ってしまう。恐怖してしまう。

（あんな姿にはなりたくない）

あんな、笑顔とも呼べないような狂気の表情を浮かべる化け物の姿になんて。

何より気に入らないのは、その程度で揺らぐぐらい、自分が弱かったということだ。このくらい、誰だって――中尉でさえ、覚悟しているはずなのに。今更――

コンコン、と病室の扉がノックされて、そちらに意識を移した。

返事を待たずに開けられた扉の向こうにいたのはリンドウだった。

「……リンドウ？　一人か？」

「一人じゃ悪いかよ」

「いや――こんな遅くにどうしたのかと思って」

アズマはそれより少し意外な気持ちだった。リンドウはあまり見舞いに来るタイプではない。何か別の話があるのだろうが。

「ちょっとお前に一つ、聞きたいことがあってな」

やはり話があったようだ。ふと真剣な瞳になったリンドウは、前置きもせず本題だけを問う。

「お前さぁ――隠してることあるだろ」

「……何？」

「分かんねぇとでも思ったか？　今日もそうだったが、攻撃の直前、お前は一瞬何かに躊躇《ためら》って攻撃が遅れてる。前はなかった兆候だ。なんかを怖がってるようにも見えた」

流石《さすが》にバレていたようだ。

「鋭いな。相変わらず」と、苦く笑う。

「……俺らにも話したくないことか？」

少し躊躇《ためら》ったが、緩く首を振る。とても話すことなどできない。

それに、話して理解してもらえるとも思えなかった。

まあいいけど、とリンドウは飽き飽きしたという風に欠伸《あくび》を一つ。

「お前が言いたくないならいいが、それで支障出るようなことはやめろよ」

「……分かってるよ」

「いーや分かってねえな。今日だってそうだっただろうが」

言い返せなかった。

「……俺らに言わないのはまだいい。だが何故《なぜ》カグヤには何も言わない？」

「中尉は関係な――」

「関係あるだろ。お前がそんな風になったのは、一度《勇者》になりかけてからだ。前のお前は《勇者》を前に躊躇《ためら》うなんてことは一度もなかった。……何故《なぜ》言わない？　カグヤにそれを」

まだ誰にも言っていないのは、気を遣われるのが嫌だった、というのもあるかもしれない。

だがアズマはこれまでずっと、カローンを引っ張ってきた存在だ。

その自覚も誇りも充分にあった。

その自分がまさか、恐怖しているなんて。言えるはずもなかった。

黙っているアズマに、リンドウは露骨にため息を吐《つ》く。

「聞きたいことはまあ、聞けはしなかったが——俺が言いたいのはそんだけだよ。怪我《けが》してんのに押しかけて悪かったな」

そして出て行こうとする彼を、引き留めるように——アズマは「なあ」と声をかける。

「なあリンドウ。《勇者》は斃《たお》すべきもの——そうだよな？」

「なんだよ今更」

リンドウは今度ははっきり眉を顰《ひそ》めた。

「ずっとそうやって戦ってきただろうが。何を迷うことがある？」

そしてアズマの答えを待たずに「お前さ、」とリンドウは再びため息を吐《つ》く。

「何があってウジウジしてるか知らねぇけど、ちゃんと肚《はら》決めろよ。お前がブレると俺らが全員ブレちまうんだ」

「あ——ああ。そうだな。悪い」

切り替えようと、無理に口角を上げる。

だが、今なお網膜に焼き付いている。本来ならば知る必要などなかったはずの彼等《かれら》の姿。

あの世界は甘くて、優しくて、そしてとても痛かった。

自分が勇者になっている間の姿は映像で確認した。醜悪な姿だ。その姿が未《いま》だ自分の中に燻《くすぶ》っているとは考えたくない。

再びその姿になることに恐怖を抱くだなんて、もっとあり得ない。

――虫酸《むしず》が走る。

・・・

「――本当は私、《勇者》の心の中に入っているんです」

「……は？」

ハルの反応は、完璧にカグヤの思った通りだった。

翠《みどり》の瞳に不審の光が宿り、寧《むし》ろ唖然《あぜん》としていた。

「《勇者》の……心？　何を言ってるの？」

「私が干渉しているもののことです。彼等《かれら》には意思が――精神の世界と呼んでもいい場所がある。彼等《かれら》はそこで自分の理想を体現しているつもりで、現実に絶望を撒《ま》き散《ち》らす。それが私の見た彼等《かれら》の真実――私は彼等《かれら》に『接触』することで彼等《かれら》が創る桃源郷に入ることが出来ます」

ハルは怪訝《けげん》な様子を隠さない。それでも、目以外は冷徹なままだが。

「あの時の私は彼等《かれら》の『心の中』にいたんです。今日は失敗してしまいましたけど」

「でも、成功例はあります。《勇者》にならないようにした例が。何よりこの私が、かつて真司《しんじ》に拒絶されて。

《勇者》になりかけて帰って来た――」

言いながらカグヤは、ハルの様子にほんのり嫌な感じを覚え始めた。

ハルがこちらを見る目はもはや異常者を見るそれだ。

「こ、荒唐無稽と思われるでしょうが、真実なんです。少尉が気絶した後も――」

「信じるわ」

思ってもみなかった言葉に、カグヤは瞬《しばた》く。

「信じるのですか？　こんな突拍子もない……」

「信じるわよ。だいいちここで貴女《あなた》がそんな嘘《うそ》を吐くメリットがない。それに、どうも癪《しゃく》だけど、その仮定を信じるのが一番合理的なのよね――」

平静を取り戻したらしい彼女は、自分でも考えながら淡々と紡《つむ》ぐ。

「――貴女《あなた》の性格上、酔狂で戦場に赴いて邪魔をしているのは不自然だったから。研究目的とも思ったけれど、それなら自分で行かずカローンにサンプルを取ってきてもらえばいい。わざわざ死地に向かう必要はない。……だから私は貴女《あなた》をお姫様と呼んでいた」

兵ばかり前線で戦わせるわけにはいかないと言って、剣も持ったことがないのに物見遊山《ものみゆさん》がてら戦場に向かうような、聖女気取りのお姫様。

「で、どうして言ってくれたのかしら。自分の立場が悪くなるだけなのに」

「いえ。ただフェアじゃないと思ったまでです」

カグヤは、人間が《勇者》にされることを阻止できる。

勿論《もちろん》状況が間に合えばの話だし、今回のように心が届かなかった例もある。

だが成功経験はある。数か月前カグヤは、アズマが《勇者》になるのを阻止できたのだ。

「私は――私なら貴女《あなた》の望みの一助になれる。そう思ったんです」

カグヤは、数か月前のあの時本当に起こっていたことを話した。

《勇者》の「元」がアズマだということだけは伏せて。その相手が作り上げた偽りの世界に入り込んで、本当は何があったのかを。

話を聞くにつれ、ハルの顔色が悪くなっていった。

鼻から下は動いてもいないが、目だけが不安の色に染まっている。

「《女神》が人間を《勇者》にするまでほんの少し、時間があります。《勇者》となった彼等《かれら》が、《女神》を受け入れるまでの間――間に合えば、そして向こうがそれを望めば」

幸運が多分に絡《から》んでくる、とても再現性があるとは思えない対策だが。

「私は彼等《かれら》を救うことができる――時があります」

曖昧な言い方をしたのは、もはやこれは確実な方法ではないからだ。

確実など存在しない。カグヤは今日それがよく分かった。

なるほどね、と、ハルは少し時間を置いて息を吐く。

悔しげな、しかしその悔恨さえ抑え込んで呑《の》み込《こ》もうとするかのような声。

（つまりあの人は）と、ハルは脱力したように思考を巡らせた。

（簡単な話ね。彼は、現実を捨てて理想を選んだということ……）

そこまでして、と唇を噛《か》む。そこまでして彼は拒絶したかったのか。

「貴女《あなた》は『それ』をしようとして失敗したのね。ようやく分かりかけてきた――貴女《あなた》は彼等《かれら》と共に戦っているのではなく、一人で違う戦いをしていた。道理で理解できないはずだわ」

ハルの中では勿論《もちろん》、カグヤが《勇者》の世界に入ったなんて思考にも上らないだろう。

「救ってやるというのは、そういうことだったのね」

「……ええ」

カグヤは、どこかで――勿論《もちろん》はっきりそう思ったわけではないが、心のどこかで自分は特別なんだと思っていた。けれど。

「でも私は誤解していた――誰も彼もを救えるのだと、例外はないと思い込んで、彼等《かれら》のことを知ろうともしなかったんです」

「……私もどうやら誤解をしていたみたい」と、ハルは緩やかに言う。

「そんな孤独な戦いを一人でしていたなんて知らなかったわ」

　ふと優しくなった彼女の視線に、カグヤは瞬く。

「貴女《あなた》は聖女になりたいお姫様ではなくて、一兵卒《いっぺいそつ》になろうとしている物好きでお転婆なお姫様なのね」

「……？」

　褒められたのか貶《けな》されたのか。よく分からないまま、ハルの集中はスープに戻ってしまう。

　狐《きつね》につままれたような顔の彼女に、最後にハルは言った。

「そう言うならば私からも提案なのだけれど。せっかくなら一人で戦えるようにしてはどうかしら。確か今も、アズマ大尉とアサハル少尉が訓練をしているのでしょう？」

　訓練に関する記録や書類も当然ながら筒抜けである。

「なら、貴女《あなた》も同じ場所に立ったほうがいいんじゃないかしら。今の私に言えた義理じゃないけどね」

　一人で戦えるようになるために。

　そういえばリンドウがそんなことを言っていたなと思い出す。

「ま、『今』私が言いたいのはこれだけよ。話してくれて感謝するわ」

　それが何故《なぜ》だか照れ隠しのように思えて、カグヤは首を傾《かし》げた。

「ご心配には及ばず、よ。シノハラ中尉。今すぐ貴女《あなた》をどうこうする気はなくなったもの」

「そ――それならよかったですが」

スープを食べ終わった彼女はもうこの話題に興味を失ったらしい。

唐突に「もう一品食べたい気分ね」と言い出すくらいには、それまでの話題を無視していた。

「確か卵があったから、卵焼きでも作りましょうか」

「あ、でもこんな時間ですし。火を使うのはやめた方が……」

「ええ。それは勿論《もちろん》分かってる。だからこうするわ――」

そしてハルは殻も向いていない生卵をそのままレンジに突っ込もうとしたので、カグヤは再び慌てて止めた。

間三　意識

同時刻。技研《ぎけん》の、研究長に専用に与えられている研究室で。

「聞こえているか──サキガヤ・ユウジ」

研究長アリムラ・ユウナ中佐は丸椅子に座り、目の前のデスクに鎮座するシャーレに話しかけていた。正確にはその中にある《勇者》の細胞片に。

「聞こえているなら反応しろ。サキガヤ・ユウジ」

当然、細胞は返事などしない。動くこともない。だが、シャーレに満たされた液体のみがじんわりと赤く変わった。何かに反応するように。

「ふむ。正直な反応だな」

その赤い液体の一部を採取し、並ぶ試験管のひとつに入れる。十数以上も並べられた試験管には様々な色の液体が入っていた。

「さて、次に向かおうか。次はこの──」

「──研究長？」

声がして研究長はびくりと振り向いた。そこには、気まずそうな顔のマリが立っていた。

「え、と、電気ついてたから見に来たんですけど──何してるんですか？　それってシャーレ、ですよね？　話しかけるなんて、とうとうおかしくなっちゃったんですか……？」

「違う。とっと入って閉めろ」

研究長は邪魔されたことで機嫌を悪くした。マリは慌てて扉を閉める。

「私が話しかけているのはシャーレじゃない。この細胞に話しかけているんだ」

「えっそれは何が違《ちが》……あの、研究長少しお休みになった方がいいんじゃ」

なんだか腫物を扱うような目で見られて脱力する。

まあでも自分が逆の立場なら同じことを言いそうだ。

「応答試験、みたいなものだよ。意思の有無を確認している」

「細胞相手に……？　あのご存じないかもですけど、細胞って意思とかないんですよ」

「あのなぁマリ……」

もはやマリの中のイメージは覆《くつがえ》せないと悟った研究長は、脱力したそのまま吐き出す。

「あのストレス値異常がどうも気になってな。何度か条件を変えてみた。その条件により微細に反応は違ったが、試しにこの肉片、サキガヤ・ユウジの名を言ってみたら反応値が上がった」

肉片がストレス値を計測してから研究長はそれがずっと気になっていた。先日使った機器より上等な計測器を使ったところ、微細な温度変化があることも分かった。その温度変化が特定の単語——つまり《勇者》になる前の名前に反応するものだと知ってからは早かった。

「まぁお前にも見られてしまったし、もう取る分は取り尽くしたし。この細胞は処分する必要があるな」

「あ、じゃあ……廃液にしますか。私やっときますよ」

ん、と研究長はマリの、無邪気な瞳を見る。

「それはあまりに過酷だろう、マリ。お前は意識を喪《うしな》えない中、下水道を一人で延々とさ迷っていたいか？」

「はい？」

「この姿になっても死ねないというのは中々辛《つら》いものがある。武器になるというのもな」

ぎい、と椅子を鳴らし立ち上がる。椅子の横には斧型《おのがた》のクロノスがあった。

サクラがかつて使っていた武器を折ったのもこれだ。当時と同じように研究長は、斧《おの》の刃を下に向け、シャーレに添える。

バゴン、とシャーレが真っ二つになった。同時にシャーレを満たしていた赤い液体がそこら中に飛び散る。唖然《あぜん》としているマリをよそに、研究長は再び問いかける。

「聞こえているか。崎ヶ谷裕二」

再び名を呼んでも、何の反応もない――かと思いきや、赤い液体が徐々に透明になっていった。何かから解放されるように。永い苦しみから逃げ出せたかのように。

研究長の奇行に、マリは言葉を失っているばかりだった。

「あの、何を——」

「何故《なぜ》クロノスに反動があるか、というのはずっと前から研究していてな」

「あ、はい……」

唐突に話題が変わるが、マリは慣れっこだ。

「まあ経過は割愛するが、とにかくあの反動は意思による抵抗の賜物《たまもの》だ、というのが分かった」

はてなマークを分かりやすく浮かべるマリに、研究長は結論から話す。

「つまりこのクロノスという武器はただの武器ではない。《勇者》となった人間の成れの果てということだ」

「ど——どういうことですか？」

「……例えば私が今持っているこの斧《おの》。調べたところ、元になった《勇者》のさらに元は十五歳の少女だった」

マリは緩く頷《うなず》く。名前などは非公開だが、年齢と性別くらいは調べれば分かる。

「《勇者》になり、そのまま殺されたはずだった。しかし今も彼女の意識はここにあるというわけだよ、マリ。私達の姿を見て、声を聴き、正しく知覚している。知覚と意識があるならば感情もある。それなのに何も言うことができない状態だ」

「目も、耳も脳もないのに、ですか……？」

マリはとうとう研究長から距離を取った。

「流石《さすが》にそれは……あの、研究長、私……」

「なんだ信じられないか？」

「いや、信じられないというか――仮にそうだとして、どうやって確認したんですか？　動けないならそんなの分からないですよね？」

「意思表明が出来ずとも、生きている以上、反応は正直だ。この液体は――」

シャーレを指し示す。

「――中にある生体が感じているストレスによって色が変わる仕組みでな。強ければ強いほど赤い。こいつは血のように真っ赤だが、私が先ほどまで彼の心を抉《えぐ》ることを言い続けたからだ」

「えっひ、ひどい」

「酷《ひど》くはないだろう。ただの負荷実験だ」

確かにそうだが、とマリはそんな顔をしていた。

「だがそれだけでもうあの赤さだ。ただの言葉によってここまで強いストレスがかかったということは、『聞こえている』ととらえていいだろう」

並んだ試験管は、様々な負荷下にかけた時の液体を採取したものだ。

何をした際にもっともストレスがかかるか。それを調べていた。

「……しかしこの崎《さきが》ヶ谷《や》裕二《ゆうじ》は随分と悲惨な人生を歩んでいるな。《勇者》になった後すらもこの世に止め置かれるとは」

「し――死んでも生きてるってことですか」

「死んでいない、いないんだよマリ。ああ、こいつはもう死んでいるが」

彼等《かれら》は未《ま》だこの世に自我が囚《とら》われている者達。生きているわけでもないのに――気付かれることもなく訴える術もなく、誰にも救われず。

「閉じ込め症候群というものがあるだろ。意識は明確なのになんらかの原因で瞼《まぶた》一つ動かず、意識があることすら誰にも気付いてもらえない、というものだ。あれと同じだな、こいつらは。唯一の違いは、奴等《やつら》は拒むことが出来る、ということだ。実際電圧をかけた際、ほんの少しではあるが抵抗のようなものがあった。必至の抵抗――それが反動の正体なのだろう」

マリの顔がどんどん真剣で、そして蒼白《そうはく》なものになっていく。

俄《にわか》に真実味を帯びてきたからだろうか。マリはすぐにはっとした顔をする。

「え？　じゃあ待ってください」と、どこか上ずった声で。

「そしたら先輩達は――カローンの人は、それ知らないで戦ってる、ってことです、よね？」

「そうだな。今知っているのは私とお前だけだ」

「知らせないと……知らせなくていいんですか？」

「知らせてどうする。それで『使わない』というわけにもいかないだろう。寧《むし》ろあいつらは二度とクロノスを手にしない――それは人類にとっては明確な不利益だ……特に、こいつらが痛みを感じているということを知ったらな」

液体の中沈む、真っ二つのシャーレと肉片を見る。

「例えばユメウラ・リンドウ少尉の武器はメリケンサックだが、もし武器に意識があり、知覚があり、そして痛みも感じるのならばどうだ」

「……ユメウラ少尉が《勇者》を殴る度に、その武器の中の人が凄《すご》く痛い思いをしているってことですか……？」

「そうだな。純粋に殴られているのに等しい。刀や銃も似たようなものだろう。銃になっていれば、己の中から発する火薬の爆発と弾丸の摩擦熱はきっと耐えられぬ苦痛だ」

例えばアサハル・コユキは日常的にその銃を使用している。

しかも短距離・長距離の複数。発砲回数も少なくはない。

「刀は――肉を切り裂く時のダイレクトな衝撃は決して楽しいものではないだろうな。刀とは斬る度に刃が零《こぼ》れていくから、その度に自分の身を斬られるような苦痛を感じるだろう。――あるいは抜刀・納刀の度に全身にかかる摩擦熱に、心ごと焼かれているかもしれん」

アズマは刀を使っている。当然、その使用数は圧倒的に多い。

刃毀《はこぼ》れの程度も。抜刀の回数もだ。

「棍《こん》だってそうだ。縄か何かで縛られて身体《からだ》を振り回され、固いものやらなにやらに無理やり叩《たた》き付《つ》けられることを想像してみろ、マリ」

かつてサクラが使い、今はカグヤが使っているその武器の——その内心を。

マリは想像して顔を歪《ゆが》めた。

「きっと、凄《すご》く痛いんでしょう、ね……」

「だろうな。だが痛いと言えるだけ私達は幸運な方だ」

斧《おの》を撫《な》でる。愛撫《あいぶ》するように、ではない。あくまでも、その感触を確かめるためにだ。

「奴等《やつら》は悲鳴すら上げられない。それに、武器である限り意識を手放せない。……あの時折れたアズマ大尉の刀は、逆に幸せだったのかもしれんな」

マリは暗い表情になった。並んでいる色とりどりの試験管に目を遣《や》って。

「それなのに研究長は、新しいクロノスを作るつもりなんですか？　新たな悲劇を？」

「当然だ」

研究長は全く動じなかった。

「それが私の本分なんだからな。今更この程度のことで、揺らいだりはしないよ」

罪のない誰かに与えられる、終わりない苦痛が現に存在していても。

研究長に人道は通じないのだから。

五　訓練

ドガン、と空気を揺るがすような拳銃《クロノス》の音が、本部地下の修練場に響いた。

コユキが射撃練習を行っていたのだ。正直彼女にはあまり意味のないものだが——何かをしていないと余計なことを考えそうになる。

懸念《けねん》は結構、色々あった。

だがその中に、意外なことではあるがアズマの件は含まれていない。

まず、彼はあの程度で死にはしない。それはコユキもリンドウも他の面子《メンツ》もよく知っている。

しんみりしていたのはカグヤだけだ。寧《むし》ろコユキは、彼女のその様子の方が気になっていた。

彼女の背負うものは、彼女が自覚しているよりも大きい。それをカグヤは分かっているのだろうか。誰も彼もを救おうとすることは、つまり、自分を救えないということでもある。カグヤはそれを分かっているのだろうか。

——今だってそうだ。隣の訓練場で、カグヤはリンドウと戦っている。

果たして、何故《なぜ》リンドウとカグヤがタイマンのようなことをしているのか。何故《なぜ》かカグヤから申し出があったらしい戦闘訓練を、リンドウが受けて、こうして行っているというのだ。

（まあ、別にいいけどさぁ）と、コユキは一人で思う。再び訓練場に銃撃音が響く。

別に止めはしなかったけど。

あまりに理想的過ぎる。人として、という話だ。まるで本当の聖女であることを望むかのように、彼女は何もかもを抱え込みすぎる。

それがコユキには心配でならなかった。

勿論《もちろん》、代わってやれるわけではない。自分は《勇者》の世界とやらに行くことは出来ない。

それでも。

「少しくらいは話してくれたっていいのに」

隣の訓練場には敢《あ》えて目を遣《や》らず、音だけを聞く。こうしてリンドウと相対すると決めた時も、カグヤは何も——同じ部屋なのに——何も、話してくれなかった。

・・・

「いったぁ……！」

カグヤは棍《こん》を持ったまま、無様に尻餅をついていた。

緋色《ひいろ》の髪は今は後ろにまとめられて、着ているのは色々と動きにくい軍服ではなく、簡素な上下のジャージ。彼女の薄紫の瞳と同じ色のジャージは、汗を吸ってカグヤにとってはとても暑いものとなっている。

対するリンドウは敢《あ》えての軍服だった。単にハンデであるが。

「痛いって。そりゃ痛いに決まってんだろ。お前まともに受け身取ってねえんだから」

「と、取ってますよ……」

「取れてねぇからそんなんなってんだ。……つうかこれでも一割程度の力だぞ。もう撫《な》でてるようなもんだぞこれ」

勢い込んでリンドウに訓練をつけてもらえるよう頼んだカグヤだが――

そして彼が以前に言った通り、それはタイマンの形をとっていたが。

それはもう笑えるほど、カグヤはリンドウにまったく歯が立たなかった。自分でも落胆や呆《あき》れを通り越してもはや楽しくなってきたくらいだ。

カグヤ側の勝利条件は一つ。リンドウの顔に一打当てること。

リンドウとしては多分難しい条件ではなかったのだろうが――カグヤにとってはそうでもない。というか無謀である。

(そもそも体幹の強さが違い過ぎるんですって)

脚運びも。気迫も。目線移動の巧妙さも。腕の伸ばし方も、その相貌に浮かぶどこか壊れたような獰猛《どうもう》な笑みも。敵《かな》う要素が全くない。

これ、本当にやってよかったのだろうか。

ハルに言われたから、挑戦してみたけれど。

と、カグヤは躊躇《ためら》ってしまった。その躊躇《ためら》いは露骨なまでに彼女の動きに表出して——

「ッ！　あっ痛……」

彼女自身が、弾《はじ》き飛《と》ばされた。

そんなカグヤの内心を見透かしたかのように。攻勢を失ったかのような挙動に、リンドウは嗤笑《ししょう》を向ける。

「なんだカグヤ。お前、打つ手ないから諦めるのか？」

「は——」

「それが無理だと思うから動かないのかよ。そんなモンだったかお前は？」

少しだけむっとする。それがただの嘲笑でないことくらいは、カグヤにも分かった。

分かったからこそ気に入らない。リンドウは自分を鼓舞しようとしているのだ。

素直に励ますのは苦手なのだろう彼の。恐らくは親切で。

立ち上がり、ひゅっ、とようやく手に馴染《なじ》んできた棍《こん》を振る。サクラほど恰好《かっこう》良くはなれないけれど、彼女に恥じないほどには無様ではないはずだ。

「まさか。諦めるとは言ってません。貴方《あなた》の甦《たお》し方を考えていただけです」

ふん、とリンドウは鼻で嗤《わら》って来た。

再び剣戟《けんげき》を交える——というよりリンドウの蹂躙《じゅうりん》なのだが。

「しっかし、まさかお前から言ってくるとは思わなかった。どういう風の吹き回しだ？」

「――ッ、ユメウラ少尉、前に言っていたじゃないですか。自分の身は自分の身で護《まも》れるように、って。貴方《あなた》が最初に戦闘訓練をやろうと声をかけてきたのは、教えるためなんですね。私の甘さを」

「……まあ違うといったら嘘《うそ》になるわな」

リンドウは、その相貌に宿る挑発的な色を収めた。

「――だが、それだけじゃない」

「ッ!!」

重い一打に手が痺《しび》れ、カグヤはついに棍《こん》を取り落とした。ヤバイ、と防御姿勢を取る。といってもカグヤのそれは、素人《しろうと》に毛が生えた程度の――本能的に身を竦《すく》めたのと何も変わらないのだが。

しかし、リンドウの攻撃はいつになってもやってこない。

カグヤは恐る恐ると目を開けて、そこで、まったく予想もしていなかった表情を見た。

「……ユメウラ少尉?」

「……お前には、分からねえよ」

どこか切なげな。もう二度と手が届かないものを回顧するような表情で。そして――きっとその言葉を伝えるためだけに襲ったのだろうと分かる声音《こわね》で語る。

「……俺も昔そうしようとしてたから」

あっさりと。

そうする――その意味を一拍遅れて理解し、カグヤは息を呑《の》みかける。

意外だったのだ――しかしこれもまた傲慢の一種。リンドウのような豪放とした人間が、まさか自殺《そんなこと》をしようとするなんてという、勝手な決め付け。

「いつ、そんな……」

「ちょうど六年前だよ。あの大崩壊が起こったときだ。理由はもう覚えてないが、俺は確かにあの時死ぬはずだった」

その瞳はカグヤを見ているようでいて、違う何処《どこ》かを見つめている。過去の何かを懐《なつ》かしんでいる。――己の死を。

「で、まあご存じの通り俺は死に損なったわけだが。その時首吊《つ》ってた縄もハンガーラックも全部燃えちまってよ。……こんなことになって死にてえとか、もう言えねえだろ」

そのリンドウの心情も、カグヤにはあくまで一般論としてなら理解できる。

六年前の崩壊の影響範囲に対し、生き残った人数はとても少ないのだ。奇跡的に生き永らえておきながら、まったく関係のない理由で勝手に死ぬわけにはいかないと。

リンドウもそう思ったのだろうか。

彼の中にはまだ、根付いているのだろうか。その時の複雑な感傷が。

「だから、厳しいこと言うが。そいつの気持ちは、お前には絶対に分からねえよ。カグヤ」

その通りだった。カグヤはこれまで自死など考えたこともない。その選択肢を思い浮かべることもなかった。そんな自分が理解できるはずもないのだ。

だけど、理解出来ないからといって、しようともしないのは。それだけはカグヤはしたくなかったから。

「──けど分からなくてはならない、というわけではないはずです。リ、リンドウさん」

彼を初めて名前で呼ぶ。

「もともと人の気持ちなんて分からないものなんです。貴方《あなた》も私の心を知れるわけではない。コユキも、サクラも、マリちゃんも、研究長も、ミライ少佐も、アズマさんも。同じ人間ではないのだから当然です」

「じゃどーすんだよ。諦めるか？　どうせお前のことなんて分かんねえから好きにしろよって投げ捨てるか？　──ま、俺はそれでもいいと思うけどな。相手の気持ちを考えるってのは大事なことだ。相手が現実なんか要らねぇと思ってんなら、理解してやるのも一手だと思うぜ」

「……いいえ。まさか」

そして、脚を一歩だけ後ろに。

ふと、サクラを思い出す。彼女はこんな構えなんてしなくたって武器を自在に操っていた。華麗に。秀麗に。そんな彼女も最期《さいご》は化け物になってしまったけれど。

──みんなをよろしくね。カグヤちゃん。

自分は、その想《おも》いに応えなくてはならないから。何をしてでも。

「分からなくても関係ありません。伝え続けるしかない。何度だって」

と、もうカグヤは何度かもしれない構えを取る。本気で目の前の彼を打ち倒そうと思った。

「何度だって。決して諦めることのなく。……それが要するに、希望ということなのでしょう」

「希望、な。随分大層なもの背負ってんじゃねぇか」

リンドウも構えを変えた。これまでの無造作な姿勢から、少し腰を落とす。それだけでも威圧的だ。

「だが応えてやろうじゃねぇの。……アズマには言うなよ。あいつ、お前に対してだけはマジでお姫様扱《過保護》いだからな」

「え？　そうですか？　なんか米俵くらいに思われてそうですけど」

「米俵？」

「アズマさん、私を運ぶときいつも肩に担《かつ》ぐので……なんか、そんな気分になります」

思い出して少し拗《す》ねたカグヤを見て、リンドウはその場で声を上げて笑った。

六　油断

——あれから三日が経《た》った。

三日経《た》っても、アズマの内心は未《いま》だ混沌《こんとん》としたままだった。

大したことはないとは言ったものの、決して軽傷ではないのだ。その傷が、もう血は止まり、自然回復の段階にまで移行している。まだ三日しかたっていないのにだ。

（この治癒速度——）

もはや人間のそれではなかった。

三日経ったこの日、彼は殲滅軍《せんめつぐん》専用の病院に移ることになっていたのだが。

「俺は——なんなんだ」

かつての自分なら、こんなことでウジウジ悩んだりしなかった。《勇者》になるのを怖がっていては、戦いなど出来るはずもない。

これまでは問題なかったはずなのに。一度《勇者》になってからも——

コンコン、とノックの音がして、意識を現実に引き戻す。返事をすると、扉を開けて入って来たのはカグヤだった。

「三日も時間が空いてすみません。こちらもこちらで、結構色々ありましたので」

「色々」

「最近、リンドウさんに身体《からだ》の使い方を教えてもらってまして。リンドウさん、本気になったらあんな怖いんですね。びっくりです……」

「あいつは容赦や手加減が苦手だからな」

リンドウがカグヤに何か稽古をつけていることは知っていた。何故《なぜ》そんなことを始めたかは分からないが。

「だが何故《なぜ》、急にそんなことを？　前まであまり積極的ではなかっただろう」

「口だけのお姫様にはなりたくないからです」

簡潔な、意志のこもった答えに、アズマは目を瞬《またた》く。

「アズマさんたちのことも、《勇者》になった子達のことも。諦めないと口で言うのは簡単です。全てを救うだなんて宣《のたま》うのはもっと簡単。でも自分の主張は行動で示さなきゃならない。口でどれだけ偉そうなことを言っても、行動が伴ってなければ意味がありません」

言うが易《やす》しことほど、為《な》すのは難しい。やりすぎではないか——と、アズマは正直に思った。

しかしやりすぎる傾向にあるのはアズマもよく知っている。

そんな彼女だからこそ、アズマは気付けば問うていた。

「行動とは、何をする気だ？」

え、とカグヤは目を見開いた。

「《勇者》は元は人間だ。だからこそ完全に分かり合うことなどありえない。貴女《あなた》が声をかけるだけで彼等《かれら》の心を変えられるとは思えないし、思わない方がいい。俺や、あと何人かは偶々《たまたま》上手《うま》くいったが……」

そしてカグヤ自身も。

「寧《むし》ろ上手《うま》くいかないことの方が多いはずだ。あの世界の強制力は並のものじゃない」

そうですね――と、カグヤは遠くを見つめる。何かを思い出しているかのような。

「あの世界の強制力に抗《あらが》うためには、還りたいという強い思いがなくてはなりません。私には現実に還りたくない彼等の心が分からないけれど。でも分からないからといって諦めるのは違います。今度は何度でも。私自身がどれほどに削れても諦めません」

「……！」

何も言えなくなったアズマに、カグヤは視線を合わせた。

「……三日前の戦いで」

と、カグヤは語り出す。

「《勇者》を人間に戻すには、より深い場所まで潜る必要があるのだと分かりました。ただ言葉を重ねるだけでは駄目――より精神を理解して、そして忘れないこと」

それをアズマは淡々と聞く。

「私は、これまで干渉した子達のこと一人も忘れてませんよ。何を見て、どう感じて、最後に何を言って散っていったか。私しか見ていない場所で、彼等《かれら》が本当は何を望んでいたかを」

これまで接してきた《勇者》の数。記録にあるから調べれば分かりはするが、決して少なくはないはずだ。

「……辛《つら》くないのか、それは」

「大変ですよ」

だが彼女は、辛《つら》い、とは言わなかった。

「でも私は彼等《かれら》の人としての最期《さいご》を看取《みと》った唯一の存在ですから――」

それはアズマにすら分からない、いや誰も知ることのできない領域だ。

アズマは覚えている。妹が《勇者》になった時の事を。

彼女もきっと、夢となる――理想となる世界があったのだ。アズマは看取《みと》ることはできなかったけれど、彼女が最後に望んだ世界が。

「別にそこまで考えてやる必要はないんじゃないか」

と、アズマはわざとそんなことを言ってみる。

「だってもう死んだ人間だ。死者の事を忘れないのはいいが、全て背負ってやる必要があるとは思えない」

「そうかもしれませんね」と、カグヤは意外にも反対はしなかった。

「でも――でもね、アズマさん」言い募る。

「私は覚えていたいんですよ。だって、そうでなかったら彼らは本当に化け物として死んだことになるじゃないですか。彼等《かれら》には彼等《かれら》の想《おも》いがあって、心がある。それを知ることができるのは私だけなんですから」

「……そうか」

それならば彼らは——今までに救われた彼らは、ならば幸せだったのだろう。彼の妹のように、最後に何を思ったかも知られずに死んだわけじゃなかったのだから。

だが逆に言えば、彼等彼女等《かのじょら》の人間としての死を、その苦しみを背負うのも彼女だけ。

それはやっぱり、辛《つら》いことなのではないかと思った。

「中尉は……何故《なぜ》、耐えられるんだ」

だからこう聞いてしまったのも、仕方のないことだろうか。

「ただ意識するだけにとどまらず、彼等《かれら》の精神——心そのものに触れて、その死すら背負うなんて。まともな人間に耐えられることじゃない」

「んーまあ……でももう、私は人間じゃないですからね」

あっさりと言われた一言に、アズマはぎょっとする。

カグヤは喉に己の手を当てた。そこにあるのは《勇者》の卵。彼女がかつて《勇者》化しかけた時の名残だ。

「喉《ここ》に《勇者》の卵が存在する。半分は《勇者》です。所謂《いわゆる》中間地点ですね」

「中間地点」

「はい。《勇者》でもあり人間でもある」

半分はもう、人間ではない。あの化け物だ。それはアズマ自身も変わらず。

あの――醜悪な外見と、この世にはいない何かを見つめる狂ったような笑顔。思わず恐怖を覚えるその光景が自らの中に組み込まれてしまったことに絶望し、人間でありたいと強く願ったその心すら踏みにじられるような、そんな恐怖を、彼女も――

「――つまり、とても面白い状態なんです」

「面白い……？」

意表を突かれた。強がりで言っているわけではないことは、彼女の瞳を見てすぐに分かる。

技研《ぎけん》出身の彼女は、自分の身体《からだ》の変化すら面白がっているというのか。

「貴女《あなた》は――自分の状態を、そう表現するんだな」

「これも技研《ぎけん》の性《さが》ですかねぇ？　使えるものはなんでも使えって、研究長にも言われたし」

アズマにとっては理解できない感情だった。これまで斃《たお》すことしか知らなかった彼には。

そして、同時に眩《まぶ》しく映った。忌避すべきものを、自分はただ恐怖していたものを、受け入れて、誰かの助けとなるために役立てようとしている。

「アズマさんは」と、カグヤは不意にアズマから視線を逸《そ》らす。

「いったい――何を見たんですか？」

見透かしたような視線に、思わず委縮しかける。

「戦闘中に集中を欠くなんてアズマさんらしくもない。脈拍の上昇以外で、何か起こっているのでしょう」

「……なんだ。お見通しだったわけだな」

きっとしっかり観察していたのだろう。

いつの間にと思ったけれど。なら、自分が悩んでいたこともきっと、本当は分かっていたのかもしれない。

「……三日前の戦いで」

と、アズマはカグヤと同じ言葉を使う。言いたくないと思っていた何かが、いつのまにか消えているのを感じた。彼女に見栄《みえ》を張ってもあまり意味がない。

「そこで、俺は《勇者》の顔を見た。あの暗闇の奥にあるものをな」

目を丸くする彼女に視線を合わせず、アズマは淡々と自分に起こっていたことを語る。

一度話し始めれば、関を切ったように言葉が溢《あふ》れ出《で》てきた。

「それだけじゃない。その裏にある表情もだ。……満面の笑みだったよ。怖くなるほどに」

幸せそうな、しかし、同じだけ狂気を孕《はら》んだ笑顔を脳裏に思い浮かべる。

心も現実も何もかも捨てて、理想を選んでしまった者だけが作る表情。あまりに醜悪で、吐き気のするような笑みだった。あれを——彼も。彼の妹も。

「俺もかつてはああだったのかと気付いてしまってな。俺は、どうしても受け入れることができない。自分が《勇者》になってしまったことが。これからそうなるかもしれないことが」

「……怖いのですか？　ひょっとして」

「情けないのは分かってる」

カローンの隊長である自分が。恐怖などと。

「皆それを受け入れて戦っているのに。中尉でさえそれを受け入れているのに。今更こんな」

本当は、だから言えなかったのかもしれない。

「アズマさんは、怖いのを情けないと思っているんですか？」

「そりゃ……そうだろう」

しかしカグヤは言った。「それはおかしい」と。

殲滅軍《せんめつぐん》で最強の部隊の、その隊長なのだから。怖いだなどと言えるわけがない。

「おかしいですよアズマさん。だって、恐怖は生きるのに必要な感情です。誇りこそすれ、情けないと謝るのはまったくお門違いもいいところですよ」

急にズレた答えを返してきた彼女に、アズマは彼女に目を合わせる。カグヤは慰めるでもなく励ますでもなく、ただ淡々と事実を述べていた。

「いいですかアズマさん。古今東西、全ての生き物には天敵が存在します。それは外敵の生物だったり、暑さや寒さのような天候であったり、はたまた他の何かであったり」

いったい何の話をしているのかと、首を傾《かし》げた。

「特に水や火や暗闇といった自然の賜物《たまもの》は、あまりに容易《たやす》く命を奪います。そんな、どこに生命の危険が転がっているか分からない世界を安全に歩くために搭載された、もっとも基本的で必須ともいえる能力――」

そして、すうっと息を呑《の》む。

「――それが恐怖です」

「……？」

アズマは何も応えられなかった。結局彼女が何を言いたいのか分からなかったからだ。

「あ、ええっとつまりですねその」と、伝わっていないと気付いたらしいカグヤは露骨に恥ずかしそうな顔をする。

「恥じる必要など一切ないというか……寧《むし》ろ自然なことなんですよ、恐怖《それ》は」

カグヤはベッド横の丸椅子に座った。

「人間でない何かになるのが怖いのは、当たり前です。寧《むし》ろ怖くない方がおかしいんですよ。特にアズマさんは一度なりかけて、具体的なものを知ってしまったのだから尚更《なおさら》。他の方がそれを感じないのはそれを知らないからでしょう」

《勇者》になるということがどういうことか。

なりかけてしまった以上、既に人間でないということが。

「むしろ私、少し安心しました。アズマさんもちゃんと怖いものがあったんだって。――ちゃ、ちゃんと人間だったんだって」

「……そうか？　貴女《あなた》の理論でいくと、俺は人間ではないことになるが」

「でも、貴方《あなた》のここは」

トン、と胸に軽い接触。カグヤはアズマの、心臓を指さしていた。心臓を――心を。

「人間でしょう。敵を憎悪《ぞうお》し、憐憫《れんびん》を向け、その間で揺れ動いて。狂気を見れば恐怖し、ああはなりたくないと躊躇《ためら》う――当たり前の人間じゃないですか」

その言葉に、アズマはなんと返せばいいのか分からない。人間の定義など考えたこともない。

「人間の定義なんて相対的評価でしかありません。例えばリンドウさんやコユキや他の全員が、同じように半分は《勇者》となり、それが共通となれば、定義など簡単に変わります」

寧《むし》ろそうでない者が異端視されるだろう。――あり得ない、あり得てはいけない世界。

「だから、別に――いいじゃないですか。アズマさんは何も変わってませんよ。ちょっとムカつくところもあって、けれど頼れるところもある、みたいな」

「……そうだな」

それでも、一つだけ変えてはならないもの。

身体《からだ》がどれだけ化け物に近付いても、《勇者》の狂気を垣間見《かいまみ》ても。

その心が狂気に呑《の》まれない限り。

「それに、ですよ。もし、仮にアズマさんが《勇者》になったとしても心配ありません。何故《なぜ》なら私がまた助けに行きますから」

「大丈夫だ。もうあんな無様は晒《さら》さない」

それならよかったです、と微笑《ほほえ》むカグヤを見て、アズマはしかし、ほんのりと危うさを感じた。軽く言っているが——そしてそれはアズマにとっては救いでもあるのだが、彼女にとってはどうなのだろうか。そう簡単というわけでもないはずだ。

アズマは一つ、どうしても気になることがあった。恐怖が必要な感情なのは分かったが。そうしたら彼女は？

恐れる様子など一つも見せない彼女は。まるで本当の人間でないように振舞う彼女は。

「貴女《あなた》は怖くないのか」と、思わず聞いてしまった。

「直接彼等《かれら》の精神に干渉してるんだろう。俺よりもずっと……」

「ああ私はほら。あの研究長の部下でしたから、もうそういうの壊れちゃってるんですよ。逆に研究長以外は何も怖くないくらいです」

「そんなに怖いのか研究長《あのひと》は」

「怖いに決まってますよ！　人を人とも思わないというか——多分倫理とか道徳とか優しさを感じる部分のリソースが開発に持っていかれてるんだと思います」

アズマはかつての研究長との通話を思い出す。

研究のためだと——彼女はああ言っていたが、それだけが真実《ほんとう》ではなかっただろう。でなければ大事な研究材料を簡単に彼女に渡しはしない。

戻ってくるかどうかも分からないのだから。本当にそれしか考えていなかったなら、わざわざ渡したりはしないはずだ。

だから、部下を思う気持ちくらい、彼女にだってきっとあった。

「あまり言うなよ。あの人も悪いところばかりじゃない」

「それはアズマさんが研究長の本当の姿を知らないからですよ」

と、カグヤが口を尖《とが》らせたので、アズマはふふと笑ってしまった。

「今思い出しても背筋が凍りますよ。あの5・22事件——疑似《勇者》化実験とか言って私達を閉じ込めて！　危うくその場の全員死にかけたんですから」

そして表情をそのまま凍り付かせた。

確かに《勇者》になるのは瀕死《ひんし》の少年少女に限るが。

「技研《ぎけん》が私と研究長だけになったのはそれがきっかけです。後から何もしらないマリちゃんが入ってきましたけど」

「……だけになったというのは、その……」

「あ、大丈夫ですよ。皆ただ辞めたり逃げただけなんで。奇跡的に人的被害はゼロでした！」

そんな環境にいた彼女だから強いのかとアズマは思った。研究長の意味の分からない実験から生き残ったからというわけではなく――そんな目に遭っても夢を捨てなかった彼女が。

「……中尉。いや、カグヤ」

敢《あ》えて名前を呼ぶ。何事とこちらを見た彼女に、アズマはあることを言おうとした。

これは約束だ。

彼女には恩がある。助けてくれたという恩が。

いつかどこかでそれに報いられればと思っていた。どうすればいいか分からなかったけれど、

その方法が今、はっきりと理解出来た。

不可能かもしれないが、同じことがもしできるなら。もし、カグヤが《勇者》になってしまった時に、誰か引き戻すことが出来るとしたら。

それは自分だけなのだから。その希望にも似た期待を口にする。

「もし、中尉が――」

『助けてくれ‼』

その時。雑音とともに、男性の声が響いた。

はっと見れば先月から支給された緊急用の端末からだ。

普段は使われないものである。出動要請にミライ少佐を介している暇もないほど、その数分

すら持たないほど急激に事態が変わった際のみに使われる。二か月前、カグヤへの連絡が出来なかったことをきっかけに設定されたものだ。

『――特別編成小隊《カローン》、応答してほしい、誰か！』

「こ、こちら特殊編成小隊カローン所属、シノハラ技術中尉です。どうしました⁉」

『《勇者》が――と思われるものが出現してる……！　誰でもいいからここから――』

通信の相手は混乱していた。対するカグヤはひどく冷静である。

「落ち着いてください。周囲の状況と、位置を教えていただけますか」

『位置情報は通信開始と同時に転送してる！　――あの白い悪魔が――骨を攻撃――』

あからさまなノイズが混じるようになった。食いつくカグヤは、そしてそれを聞いていたアズマは、遠くで聞いていているだろう他の面々は、全員が同時に聞いた。

『【――ララァ――アァ――――シャアアアア――】』

《勇者》の鳴き声。聞くだけで腹の底が冷えるような、悍《おぞ》ましいものを。

直後、ガッと大き目の雑音。端末が地面に落ちた音だ。

「大丈夫ですか⁉」

返事がない。カグヤは再び端末に飛びつくも、相手からの通信は切れてしまっていた。

『場所は代々木みたいだ』と、通信に割り込んできたのはリンドウだ。

『今回はアズマは出られない。代替で俺が指揮にあたる。いいな？』

同じ通信網からそれぞれ了承の声が入る。カローンでは指揮者権限の順番が明確に決まっているようで、アズマの次がリンドウ。

リンドウは冷静だった。場所は代々木、移動手段は輸送車。出動するのはアズマを抜いた全員。それでも二十人もいない。

しかし、《勇者》に対し最大効率で対処できるのがカローンだ。しなくてはならない――ともいえるが。

「リンドウ。今回は俺も行ける。指揮権はそっちでいい」

『……あ？　なんだ一緒にいたのか』

同じ方向から声が聞こえたためか、すぐ看破された。

『行けるって、お前正気か？　昨日今日死にかけたような奴《やつ》に何ができんだよ。てかお前、今日病院移るんじゃなかったのか？』

「だが――治りも速いし」

『そりゃ人に比べてってだけだろ。大怪我《おおけが》したやつまで連れてかなきゃならねえほど俺等は能無しじゃない。お前だってそれはわかってんだろ』

思わず黙ると、カグヤにも言い添えられた。

「リンドウさんの言う通りですよ。それに、アズマさんがいないだけで回らなくなるなら、それは強いとは言えませんからね」

「……だが」

「大丈夫ですよアズマさん。そりゃ怖いですけど、コユキもリンドウさんも頼れる仲間です。寧《むし》ろ今のアズマさんに来られても困るだけです」

それはもちろん、その通りだが。

「それに」とカグヤは不意に真剣な顔になる。

「それにその怪我《けが》は、致命傷ではないですがとても軽傷とはいえません。もし瀕死《ひんし》になったら《勇者》になる可能性だってあります。それでも？」

その事実は流石《さすが》にアズマも言葉を詰まらせた。化け物になるのもだが、そうなった時――また自分が仲間を傷付けてしまうかもしれないから。

黙ったアズマを、カグヤは反論無しと見なしたらしい。そのまま出て行こうとした彼女の背に、まるで追《お》い縋《すが》るように、呟《つぶや》く。

「約束」

らしくもない約束を。

本来は、軽々しく出来るようなものではないような、未来に縋《すが》るような真似《まね》を。

「必ず帰って来い。さっきの話の続きを……俺は貴女《あなた》に聞かせなければならないから」

「言われなくても帰ってきますよ。アズマさんは珈琲《コーヒー》でも飲んで待っててください」

鷹揚《おうよう》に笑ったカグヤは、アズマに手を振って走って出て行ってしまった。

六―二

「白い悪魔――と、そう言いましたよね」

輸送車は現場の代々木公園へと向かっていた。色々と特別仕様の輸送車は、通常の車よりだいぶスピードを出すことが可能だ。

「骨を攻撃、とも言ってたね。多分骨の《勇者》なんだろうけど。骨を攻撃しろってことかな」

「まあ、そうだと思いますが」

ガタリと車が跳ねる。目的地までもうすぐだ。

代々木公園。平日でも人が溢《あふ》れ返っているはずのそこには人っ子一人いなかった。逃げ出したという風でもない。暖かい気候の下、誰もいない公園には強い違和感がある。

「今日はアズマがいない。だから卵の場所は分からない」

リンドウは一瞬不安そうな声を出すものの、すぐに引き締める。

「……だがやることは変わらねえ。卵の場所を一刻も早く割り出して潰す――あるいはカグヤに入ってもらう。それだけだ」

各々《おのおの》了承の声。カグヤも返事をしてから、外の様子を見るために窓の外にふいと目を遣《や》った。

そこにあったのは急激に背後に流れていく森の木々と、たまに顔を出すベンチと、生い茂る花々。花々はその全てが彩《いろど》りに満ちていて、高速で見ていると酔いそうなほどだ。

高速で後ろに流れていく木々。その一本がカグヤの目の前を通り過ぎて。

「……え？」

その陰から、走る骸骨が出てきた。

理科室にある人体模型のような骨が、こちらを見つつ走っている。空洞となった眼窩《がんか》と、むき出しの頬骨が、まるでけたけたと嘲笑《あざわら》っているようで。

軽い悲鳴とともに、車内に一気に緊張が走った。

「いつの間に……！」

骸骨は車のすぐ横を並走していた。筋肉もないのにどうやって走っているのかは分からない。何をしてくるでもなく、ただただ不気味だった。

「幅寄せしろ‼」

リンドウの指示の直後、車が横に動き始めた。

その隣には——本来隣にあるべきものは、めいめいに茂る木々やベンチだ。ベンチは損壊したまま直っていない箇所もあるが、挟んで引きずるなら充分である。

幅寄せされた骸骨は、しかし何故《なぜ》かびくともせず走り続けた。仮にも人間を十数人輸送できるトラックに全力でぶつけられても、だ。

少し走った後。

キキーッ、とけたたましい音とともに、輸送車がブレーキをかける。全ての人員・武器が前前に押し出された。そしてカグヤは、運転手が突然ブレーキをかけた理由を知る。

フロントガラスの向こうに見えるは大量の骨。同じようにふらふらと歩く骸骨が、何十体も。

「ちっ、ゾンビ映画かよ……！」

リンドウが舌打ちするのも無理はない。彼等《かれら》はその眼窩《がんか》に何の意思も宿しておらず、ただ本能のままに攻撃する――そういった印象さえ受けた。

ガンッ！　と大きな音。その後も何度も繰り返し。

骸骨達が一斉に車に襲い掛かってきたのだ。その場の全員が輸送車内で頭を伏せた。カグヤはコユキに無理やり押さえつけられるような形で伏せっていて、自分の頭上で窓にひびが入る音を聞く。ピシ。バシ。バキ。

「待って――まさか」

割れた窓と、異常耐性を持つ骸骨。どちらがより耐えうるかなど、考えるまでもなく――

バリン、と耐えきれなくなったように窓が割れ、外気がカグヤの頬を打った。次いで幾体もの腕が、骨だけの腕がカグヤ達を襲おうとする。絶体絶命とはこのことであった。ゾンビ映画さながらの執念を持って、車を――その中にいるカローンを襲う。

だがゾンビ映画と違うのは、彼等《かれら》は武器を持ち、戦闘慣れしているということだった。

「全員ッ！　伏せて‼」

まず動いたのはコユキで、ハンドガンの形をしたクロノスの銃口だけを外に出し連撃で撃ちまくる。骸骨はそれでも傷が付かなかったが、牽制《けんせい》にはなったようだった。

「走れ‼」

運転手がここぞとばかりにアクセルを踏み抜く。ぎゃりぎゃりと何かを巻き込む音とともにタイヤが回転し、車は急発進する。追いすがる骨を振り落として、風圧で払って。何も意に介さず疾走する。

しかしそれでもついてきた骸骨はいた。数体というレベルだが、彼等《かれら》は走る輸送車の様々なところを叩《たた》き、中に入ろうと画策している。

「まずいよリンドウ。このままだと──」

「分かってる、コユキ。何体だ？」

「四体ほどかな」

「っし。その数なら許容範囲だ──全員腹括《くく》れ！　避難機構《アレ》使うぞ！」

「ええ⁉」とのカグヤの悲鳴は当然誰にも顧みられることなく。

リンドウの合図とともに「避難機構」が発動。輸送車の天井が、まるで部品が落ちたようにあっさり離脱──そこから骸骨が入ってくる前に。

カグヤ達は固まることなくそれぞれバラバラの方向に散った。

・・・

「まずい、ですね……」

「ええ。とてもよくない状況だわ」

逃げ出す方向が偶々《たまたま》同じだったのだ。二人で木の陰に隠れつつ、周囲を警戒する。

ハルはカグヤと一緒だった。

「まさかほとんど戦闘力のない貴女《あなた》と一緒とはね。足を引っ張らないでほしい——と私が言えた状況じゃないけれど……」

ハルは逃げ出した時に足を捻《ひね》り怪我《けが》をしていた。左足首が腫れ、どうやら捻挫しているようでまともに動けない。カグヤに肩を借りている状況だった。

「ご——ごめんなさいね。手間かけさせて……」

「いえ。大丈夫です。それより、怪我《けが》はどうですか？」

「痛いけどさほど問題はない。出血も少ないし、致命傷じゃないわ」

車から全員が逃げ出したことで、骸骨は違う動きを見せていた。獲物を探すように、複数の骸骨があちらこちらを見ながら不恰好《ぶかっこう》に歩いている。索敵能力はないらしい。

相手は数体でまとまって動いていた。異常な耐久力やスピードといい、単体で遭遇したら非常に危険だ。

「気味が悪いわね」と、鋭く小さく言う。

「でもあれは《勇者》ではない――そうよね」

「ええ。顔が黒く潰されていませんから。《勇者》が使役《しえき》する何かだと思います」

通信の相手は「白い悪魔」と言った。あれがそうなのだろうか。かたかたかたと頭蓋を揺らす骸骨達は、確かに悪魔か死神のようにも見える。

「本体が近くにいるはずです。顔が黒い骸骨がきっとそれですね」

しかし、その本体の《勇者》がどこにいるかが分からない。もし今、遭遇してしまえば逃げる以外の手はない。

「……ッ」

己の足を恨んだ。走るどころか歩けもしない、こんな脚では何も出来ない。

横のカグヤを横目で見遣《みや》る。だいぶ苦労しているようだった。ただでさえどこから襲われるか分からず、不安だろうに。

脚を怪我《けが》した者を引きずっていけるほどカグヤは力が強くなく、そして早くもない。

一人でなければ生き残れない。一人ならば、何かあった時に全力で走り逃げることも出来る。

何をすべきかは明白だ。それなのに彼女はそうしない。見捨てようとしない。

それがなんだか気に食わなかった。軽くため息を吐《つ》いてカグヤの方を見ずに言う。

「いいわよ……さっさと行きなさい」

すべてを悟り諦めたかのように。

「別に誰にも何も言われやしないわよ。仲間が死ぬのなんて初めてじゃないんでしょ。足手まといは置いていきなさい」

「何言ってるんですか！　そんなことするわけありません……！」

「馬鹿ね。貴女《あなた》のために言ってるのよ」

分かってはいたけどやっぱり彼女は否を返してくる。それがどこか悔しいような嬉《うれ》しいような、不思議な気分だった。

「言ったわよね。全てを諦めず放り出さないことは人間には無理なんだと。貴女《あなた》このままだと死ぬわよ？」

「聞きました。けどその通りにするとは言っていません」

「……貴女《あなた》ねえ」分からず屋のお姫様だ。

「もう少し賢いものだと思っていたわ。そうね、理想だけを追いたいなら勝手にするといいんじゃない？　何も生みはしない理想だけど」

「でも——貴女《あなた》も、理想を追っているじゃないですか」

「……」

「《勇者》にしないようにすること。それが貴女《あなた》の理想で、使命なのでしょう。それを追求しようとしたから、貴女《あなた》はここにいるんじゃないんですか？　本当の目的はそれなんでしょう」

うっかり話したことをハルは後悔した。カグヤは構わず話し続ける。

「理想を追わなくなったら終わりですよ。貴女《あなた》の目的は尊いのだから、なんかカッコつけて一人で死のうとしないでください」

「カッコつけって……」

「『足手纏《あしでまと》いは置いていきなさい』なんて、昔の映画で見るような言葉じゃないですか。そんなことしてる暇があったら、生き残る方法を考えてください」

「めちゃくちゃね貴女《あなた》……この期《ご》に及んでそんなことを言えるなんて」

少し羨ましくもあるけれど。

今の状況は、割と絶体絶命の部類に入るものだ。そもそも分断されている。エース級のアズマはおらず、恐らく彼に依存していたのだろう他のメンバーは手の打ちようがない。ましてや自分の状況だけに限れば、これほど危険で頼りないものもないというのに。その――カグヤが、立ち止まった。なんの前触れもなく。

「タカナシ少尉がそうやって――綺麗事を嫌うのは、」

周囲には骨の影はない。意図が分からず、ハルは不審な目を向ける。

「《勇者》になってしまったその人のことがあるからでしょう」

「……シノハラ中尉？　いきなり何の話を……」

周囲に骨も《勇者》もいない。不審な顔で彼女を見上げてハルは息を呑んだ。

「《勇者》であろうとする者達。その気持ちは分かりませんが、その選択に至るまでは葛藤があったはずです。だから彼の選択を、どうか受け入れてあげてください、それが綺麗事でも」

彼女の視線は——何よりも真剣だった。冗談で言っているのではないとすぐに分かった。

「なら証明して」

自分でも驚くほど低い声が出たことを、ハルは自覚する。

「私を置いていったひとはね、あまりにものを知らな過ぎた。そして理想を求めていた——それが叶《かな》わないことに絶望するほどに。貴女《あなた》はそうでないと証明して。そこまで言うのなら、諦めないと約束しなさい」

「……当たり前です」

真剣な声で返された答えに、ハルは彼女に見えないように口角を上げた。

彼女の紫の瞳の、その奥まで見えるような至近距離で、ハルは囁《ささや》く。「私に策がある」と。

——確かに、ここで逃げ出しても意味はないから。

「……奴等《やつら》をひとところに集める。なるべく一撃で全てを葬《ほうむ》れるように」

「一撃だけ、ですか」

「ええ。……私達の戦いは、たった一度の攻撃で確実に《勇者》を滅ぼすことを念頭に置いている。カローンのように何度も攻撃できるわけではないから。地の利や戦略、あるいは通常の武器で相手の動きを止め、誰かがクロノスを使用してとどめを刺す、それが通常戦法。反動による被害は一度で充分ってことね——」

逆に言えば必ず誰かが反動を背負う。一度で駄目なら二度。二度で駄目ならそれ以上。

「使役者《テイマー》型の場合、その使役者《テイマー》の目的は二つ。一つは攻撃という名の繁殖を行うこと。もう一つは己の身を護《まも》ること——この意味が分かるわね、シノハラ中尉」

「あの骨達を全部片づければ、本体は出て来ざるを得ない、ということですね」

「ええ。幸いここにはユメウラ少尉もアサハル少尉もいる。彼等《かれら》と連携出来ればいいのだけど」

無線は使えないわけではないが、声を出したら恐らく見つかる。

その危険を冒してでもやる価値があるのか。それぞれバラバラになった状態で、わざわざ集まり、連携を促す暇があるのか。

「出来れば何か合図があるといいのだけど。そんなものは聞かなかったし……」

「あ——いえ。出来るかもしれません」

そしてカグヤは、無線イヤホンを爪で弾く。

「少し時間はかかりますが。モールス信号なら。こんな音まで捉えられはしないでしょうし」

・・・

散り散りになって以降、リンドウはまず状況把握に努めた。人間の死体すら

(先に緊急対応班がいたのに、この辺には誰もいない。人間の死体すら)

白骨による攻撃なら、少なくとも死体はあるはずだ。なのに血の一滴すら流れていない。

「おかしいな──それ以外に何かあるってのか?」

緊急対応班は平均で二十名。二十名もの人間がそれに翻弄されるとは思えないのだ。彼等《かれら》だって選《え》りすぐりである。

目を凝らす。気配を殺す。まるで狩りをするかのように。狩られるのは自分ではなくあちらなのだと。──だが直後、彼はちっと舌打ちをした。

(霧が出てきたな)

ほんの少しではあるが靄《もや》がかかったように、見えなくなってきているのだ。

まだ出始めで、視界が遮られているわけではない。小雨《こさめ》の前にぽつぽつと水滴が頭に当たって気付くような、その程度だ。しかし待っている暇は彼にはなかった。どうにか連携をして斃《たお》す必要がある。しかもあの骸骨は顔が黒くない──《勇者》本体ではないのだ。こんなところで時間を食っている場合でもなかった。

どうすれば、と思いかけた時、通信の向こうからコツ、と何かをはじく音が聞こえた。

発信元はカグヤだ。どうも意図的に出している音である。暫《しばら》く聞いていると、それが何かの意思をもって不規則に出されている音だということに気付いた。

(——モールス信号か)

そう気付いてからは早かった。何を伝えようとしているかを読み解いていく。一文字ずつだったので少し時間はかかったが、概《おおむ》ね呑《の》みこんだ。

他の奴等《やつら》がちゃんと理解しているか確認出来ないのが難点だが。

代々木公園の中心、季節の花が咲く場所に目を向ける。

(だが随分と急場な作戦だ。上手《うま》くいくかどうか——いや)

そんなことを考えている暇もない。

ややあって、カグヤが現れた。作戦通りだ。まるで無知な人間のふりをして、わざと白骨達の前に飛び出し、そして、大声を上げた。

周囲の空気が張り詰めたことが、リンドウからでも分かった。骸骨達の動きが一つに集約されたのだ。ばらばらに動いていた彼等《かれら》の全員が、カグヤをぐりっと振り向いて、そして。

『……ッ!』

総勢で突進。近い者はすぐに。遠い者でも、足音くらいなら聞こえる。流石《さすが》車と並走するだけあって速い。

絶体絶命――このままではすぐに命を散らされる。骸骨の最初の一手がカグヤに伸ばされようとした時。パン、と銃声が響いた。

一度ではない。何度も――囮《おとり》に群がってくる骸骨を蹴散らすように。骸骨はそれに傷付きはしなかったが、牽制《けんせい》とはなったようだ。

――コユキだ。どこからか撃っているのだろう。

リンドウも動き出さねばならなかった。囮《おとり》を使い牽制《けんせい》した後に、一気に叩《たた》く――それが作戦だった。カグヤが囮《おとり》になるとは予想外だったけれど。

（確かにあいつの言う通りだな。こいつら全員をぶちのめせば、《勇者》は恐らく出てくる）

骸骨を全員斃《たお》して初めて本体が現れる。その本体の情報は無いから、その先は未定だが。

「ツらァッ！」

飛び出し、その勢いを殺さず、骸骨の一つを思い切り蹴りつけた。本気の蹴りだったにも拘《かか》わらず、骨はびくとも動きもしない。そのまま出来損ないの玩具《おもちゃ》のように、リンドウを無感情に襲う。しかし力は思ったより弱い――その脊椎を直接摑《つか》み、別の骸骨に投げつける。

そこで骸骨達は、互いの骨に絡《から》まったようで――なんとも無様な、そして悍《おぞ》ましい様子を晒《さら》していた。

この繰り返しだ。

カグヤはいつの間にか戦闘からは少し離れた位置にいた。本体を探しているのだろう、骸骨を適度に退けながらも周囲をきょろきょろとしている。

おい、と声をかけた。

そんなところにいるな、邪魔——ではない。残る選択をしたのなら、探しながら戦うくらいの器量は見せろと。

しかしリンドウが声をかけることは出来なくなった。

「な——」

骸骨が四人分、彼の身体《からだ》に組み付いたからだ。もっとも脅威となるのが彼だと、骸骨も判断したのだろうか。

「脳味噌《のうみそ》もねぇくせによ——！」

その四体を、彼は振り回す。振り払い、殴り付ける。

骨そのものを殴るのではなく、その構造の隙を突くように殴った。例えば関節、軟骨に当たる部分を、だ。精緻に組み上がっているからこそ、バランスを崩してやれば上手《うま》く動けない。

「す、すごい……」

カグヤの称賛を無視し、リンドウは更に攻勢を強めていく。

コユキの弾丸も役に立った。自分に当てないようにするのは大変だろうに。

そうやって攻撃を繰り返し、あと二体。噛《か》み付《つ》いてくる一体の肩と股関節を外し、その場に転がる骨を蹴り飛ばして——背後にもう一体が組み付いた。

「ッ……！」

肩を思い切り噛《か》まれた。腕から先が痺《しび》れるほどの強さだった。慌てて頭蓋を殴り付けるが、頭蓋骨とはもっとも硬い骨の一つである。寧《むし》ろ彼の手の方にダメージがあった。

コユキも、相当密着しているせいか手が出せない様子。骸骨は肩にとどまらず、首の柔らかい場所にまで噛《か》み付こうとしていた。このままでは動脈が切られる。

「えええええいっ！」と覚悟を決めるような叫び声。カグヤの決死の声だった。

・・・

リンドウが目の前で危険な状態に陥っている。助けなければ、と身体《からだ》が動いた。リンドウの蹴りでも通用しなかった骨に、きっとダメージなど与えられないだろうが。それでも、突破の一助にはなるかもしれないから。

「えええええいっ‼」と気迫のままに骨の一つを殴り付け——る、その寸前。

「……え？」

カグヤは見た。その骸骨の胸に、有線のイヤホンが引っかかっていることを。

殲滅軍《せんめつぐん》のものだ。あばら骨に絡《から》まるようにぶら下がっており、片方は脊椎に絡《から》んでいる。

いや、内側から絡《から》まっているのだ。骸骨が誰かを襲った際に外れ絡《から》まった、という様子でもない。

「なんで――」

「カグヤ!!」

はっとする。思考に耽《ふけ》っている場合なんかじゃない。

その骨の、脊髄部分を打ち据えた。その衝撃で骸骨はリンドウを噛《か》むのをやめ、好機と見た彼は思い切り背負い投げ。流石《さすが》に骸骨は彼から離れ、空に浮いた一体を回し蹴りで遠くに飛ばす――そしてその一体も地に打ち据えられた。

「これで最後か⁉」

「みたいです！　全員動けなくなりま――」

カグヤ!!　と、その時誰かが叫んだ。

白骨のうち一つが急に起き上がったのだ。カグヤに一番近い場所にいる骨だった。

カグヤの攻撃が他と比べて甘かったという、それだけの話。

だがそれだけのことがカグヤを追いつめる。白骨の身長は百七十ほどもあり、カグヤより一回り大きいのだ。その拳が無慈悲に、カグヤの顔面を襲おうとして。

「――っ！」

「タカナシ少尉!!」

悍《おぞ》ましい白い手が彼女に触れようとした瞬間、カグヤは衝撃を受けて倒れた。

骸骨かと思ったが違った。飛びついてカグヤを押し倒したのは、脚を押して走って来たのであろう碧《あお》い髪の少女だ。常のクールな相好は完全に崩れている。

近くにいたリンドウが駆け寄ろうと片足で地面を蹴った。慌ててカグヤも動こうとして驚愕《きょうがく》に目を見開く。視界が急に白濁した。一瞬遅れてその正体に気付く。

（これは——なに、霧？）

唐突に辺りに霧が出た。いや、出たなんてものではない。クリアだった視界が瞬《まばた》きするごとに濁っていき、急激に深くなった霧のせいでリンドウの姿も見えなくなった。

霧が出るような気温や天気ではない。異常な何かだとはっきり分かった。

視界が完全に白に閉ざされる。一寸先も分からない白い暗闇。

「タカナシ少尉ッ……」

「釣り餌よ」

ハルはカグヤを押し倒したまま、蒼白《そうはく》な顔で呟《つぶや》く。

「通信してきた相手は白い悪魔と言っていた。私達は白骨だと思っていたけど本当は——」

本当は。白——というのは。

「本当はこっちが本体だった。私達はまんまと嵌《は》められた……！」

——白い霧《悪魔》が、立ち込めた。

・・・

『事後調整班より各位へ――本日午後一時過ぎ、代々木にて《勇者》出現。現在特別編成小隊が応対中』

病院に向かう輸送車の中、無線で聞こえてきた機械音声に、彼はハッと振り向く。

『被害者二十余名――濃霧にて記録不可。安否不明。出現箇所特定困難のため、接近には尉官以上の許可が必要です。音声記録のセキュリティチェック完了――共有を開始します』

七　白骨

「皆さんどこですか！　コユキ！　リンドウさん!!」

ほんの一瞬で、カグヤは全てを見失った。

自分を庇《かば》うように倒れたハル。身を挺《てい》して戦ってくれたリンドウ。どこかにいるコユキも。

そして《勇者》だと思っていた存在も、霧に紛れて消えてしまった。

カグヤはその場に立ち上がった。立ってみればよく分かる――この霧の濃さ。目の前の空間の全てが、白い絵の具でめちゃくちゃに塗ったかのように漂白されている。

一寸先も、とはこのことだった。自分の手すら見えない。しっかり握っていなければ、武器の場所すら分からない。自分の存在が霧に溶けて消えていくような気がした。

（落ち着いて。皆きっとこの霧で迷っている）

問題は三つあった。

一つは、先程の「骨」の行方。カグヤ達は本当に間近、すぐ近くに居たのだ。今も近くにいる可能性が高い。

（でも――この霧ではそこまで脅威じゃない）

二つは、自分と仲間の状況が把握しづらいということ。声を出してもすぐに霧の中に溶けてしまうようで、声が相手に届いていない。通信機も使えない。相互連絡が出来なくなった。

三つ目は、この霧を発生させている《勇者》に関して何も分からないということだ。この霧自体が《勇者》なのか。それともどこかに潜んでいるのか。

（だけどここはまだ公園の中。物凄《ものすご》く広いけど、永久に出会わないわけじゃない。あまり時間をかけすぎても駄目だけど、焦《あせ》ることはない）

カグヤは冷静だった。

自分以外の皆同じことを考えている、と理解出来ていた。リンドウはカグヤと同じように動かないでいるだろう。ハルは分からないが、軽率な行動を取る子ではない。コユキは、おそらくどこかに試砲することを考えているだろうが、その先にカグヤ達がいないとも限らないから躊躇《ちゆうちよ》しているのだろうか。

（そうだ、拳銃なら）

《勇者》相手には携行拳銃は通じないが、上に向かって発砲すれば居場所を知らせるくらいはできる――かもしれない。

拳銃は左側の腰ベルトにある。それに手を触れようとして、カグヤは今頃気付いた。

四つ目の問題に。

「左手が――⁉」

左手首から先がな、な、なくなっていた。

いや、違う。厳密には消えていない。ただそこだけ「白骨化」していたのだ。

痛みはない。なんの衝撃もなかった。気付きもしなかった。まるで霧に溶けるように、カグヤの身体《からだ》は融解していた。同時に、元々持っていた棍も喪っている。

その白骨にカグヤは見覚えがあった。

たった今まで見ていたではないか。人間大の白骨を二十人ほど。

緊急対応班の人数はちょうど二十人前後だ。つまりあれは——あの骨は。

「骨を攻撃するなってこと——⁉」

それらは、元は人間だから——

「まずい……‼」

この霧は《勇者》を隠すためのものではない。この霧が《勇者》そのものだ。長く居たら身体《からだ》が溶け切ってしまう。白骨と化し、彼等《かれら》のように意思があるかどうかも分からない化け物になってしまう。人間を使役するのだ、あれは。

消失は左手首では止まらなかった。どんどん進行してきている。骨「が」侵蝕《しんしょく》してくるようで、カグヤは背筋が寒くなった。

「と、とりあえず霧から出ないと……‼」

カグヤは走った。今自分がいるのは代々木公園の中心近くだ。出口に向かって全速力で走る。どれほど霧が濃く広くても、いつかは出られるはずだ。脚が溶け出す前に早く。

そして二分ほど走った頃だろうか。カグヤは眼前に人影を見る。少し警戒しながらも近付き、互いの声がぎりぎり届くかという距離で、ようやく人影の顔を見た。

「タカナシ、少尉」

「悪かったわね。私で」

そこに居たのはハルだった。無事な方の片脚が溶け、右ひざがなくなっていて、骨が見えている。きっともう立ち上がることも出来ないだろう彼女が。

さっきまで傍にいた彼女が遠くにいるということは、場所を移動させる力もあるのかもしれない。

「……ったくろくなもんじゃないわね。怪我《けが》をしたり脚を喪《うしな》ったり散々よ」

ろくなもんじゃないと言いつつ、彼女は動揺もしていない。

「脚がやられると身動きも取れなくなる。痛みが一切ないのが救いだけれど、このままだと全部消えてしまいそうだわ」

「冷静ですね、タカナシ少尉は……」

「まあこのくらいはね。痛みがないのはマシよ」

たとえ皮膚を突き破るような怪我《けが》がないとしても、骨や神経が外気に晒《さら》されればどれほど痛いか想像もつかない。しかしハルは顔色も変わっておらず、カグヤ自身も、しばらく気付かなかったくらいには何の感触もなかった。

幻覚の類《たぐい》だろう、とカグヤはそう思っている。

しかし、だからといって消えるに任せるわけにはいかない。

「ッで、でもタカナシ少尉！　私分かってしまったんです、この霧の中に長く居ると私達は」

「骸骨になって人を襲う――でしょう？」

平然とした口調に、カグヤは言葉を喪《うしな》う。

「私達を襲って来たあれは、先にここに突入していた部隊だった。……あと、観光客もいたでしょうね」

「……ッ！」

カグヤ達はその骸骨を、人間と知らず攻撃していた。中には、ばらばらになった者もいた。

その人はどうなったのだろうか。死んでしまったのでは。

己の手で人間を殺したかもしれない――という事実がカグヤに重くのしかかってきた。なんてことだ、とカグヤは恐慌《きょうこう》とともに自嘲する。

（そう――なるほどね。これが彼等《かれら》の、《勇者》の味わっている気持ちなんだ）

なんて、辛《つら》くて重くて理不尽なのだろうか。そんな事実を伝えてくるカグヤは、彼等《かれら》にとっては悪魔の手先のように見えただろう。

今までよく成功していたものだ、とカグヤは思い直す。

そしてようやく理解した。凄《すご》いのは自分ではなく、《勇者》になった彼等《かれら》だったのだ。ちゃんと受け入れることができた彼等《かれら》のお陰で全ては成り立っていた。偶然これまで、そんな人の方が多かっただけだ。きっと鷹村真司《たかむらしんじ》の方が正常だったんだろう。

(嫌ね——驕《おご》りというのは)

しかし浸ったのも一瞬。今助けられる人を助けなければ。カグヤはハルを抱きかかえ、肩を貸して立ち上がらせた。ハルがそれを怪訝《けげん》な目で見ている。

しかしその瞬間、ハルの脚が両方とも消失した。がくりとバランスが崩れ、腰を強《した》たかに地面に打ち付ける。

流石《さすが》に言葉を切ったハルは、自分を落ち着かせるため無理に深呼吸をしようとしていた。

「自分の骨を直接見るなんて、そうそうない機会ね」

「私の背に掴《つか》まってください！」

カグヤはおんぶを待つ姿勢になった。

「腕だけじゃ不安かもしれませんが、タカナシ少尉はその分重さも減っているはずです。手を離さないでください」

ハルはほんの少し迷って、無理やり腕だけを回したようだ。ガラ、と足——だった部分の骨が動いて鳴動する。背負った感覚は言いようのないものだった。

カタリ、と、左端から音がしたのはその時だ。

はっとした。さっきの骸骨かもしれない。いや、まさか《勇者》かも——

警戒してそちらに身構え、霧の向こうから現れた人影は、朱《あか》い瞳の。

「……コユキ！」

「なんだカグヤか……」

目が——左目が溶けかけているコユキだった。警戒して構えていたであろう銃を下ろす。

ああ、とコユキは己の片腕で目を隠す。

「ごめんごめん。あんまり見て楽しいもんでもないよね——って」

カグヤの腕にも驚いたようだが、がその背に背負う「もの」を見て、コユキは息を呑《の》む。

「あんた……!?」

「脚が消えかけていて——コユキ、出口はどこか分かりませんか？」

「出口はごめん、私も」

そう言いつつ、コユキはハルに釘付《くぎづ》けになっている。

「そんなことより……あんたその、大丈夫なの……？　だって腰が……」

「いえ。大丈夫よ。不便だけど痛みはない。それは貴女《あなた》もでしょう」

ハルは確かに、冷静な口調だ。

「流石《さすが》に本当に骨が剝《む》き出《だ》しになったら痛みに耐えられない。幻覚——そうでしょう、シノハラ中尉」

首肯する。タチの悪い夢のようなものだ。カグヤが左腕を喪《うしな》っているのも、コユキが左目を喪《うしな》ったのも全て。

「最初に出てきた骨。身体《からだ》が溶けていくこと。場所が分からなくなること。互いの声も届かないこと。これら全てが、この霧の《勇者》の作り出した幻覚だとしたら」

「え、じゃあちょっと待って——私達はずっと——」

「ええ。あの骨が現れた時にはもう術中に嵌《はま》っていたんだと思います」

あの時から既に、始まっていたのだ。

「じゃ、じゃあ……どうすれば……」

「《勇者》を探すしかありません。探して、私が《勇者》に干渉する。それしか方法はない」

「……分かった」

実際、それしかない。この霧は止まらない——きっとすぐに覆いつくす。数少ない戦力でそれを打開できるのは、今やカグヤしかいないのだ。

「……でも多分、『それしかない』なんてことはないから」

コユキの、唐突な、突き放すような発言に、カグヤは片眉を上げる。

「あんたしかできないことでも、あんたが全部背負うことないって私思ってるもの」

「コユキ……？」

そう言ってコユキは、いつもと変わらずカグヤの前に立つ。

「ていうか、私らがカグヤに護《まも》られるようになったら終わりじゃない？　今までペンより重いもの持ったことなさそうな子に」

「……酷《ひど》い言われようですね」

と言いつつも、カグヤは困ったように笑った。

「でも悪いけど、自分を犠牲にしてまでってほどの余裕はない。アンタはもう技研《ぎけん》のお姫様じゃないんだから、自分で——戦いなよ」

「言われずとも」

そんなカグヤの覚悟を受け入れつつその上で否定するコユキに、笑みを浮かべて応えとする。

やはりコユキはブレがない。自分を持っている人だから、安心して託すことができる。

先に足を踏み出したのはコユキだ。性格の現れる大股の一歩をカグヤは耳で聞いて、
そこで蒼白《そうはく》になった。

聞こえたのだ。

——左端から、カタリと。

勇者出現

（16）

出現場所：東京都内

個体：《使役者型《テイマー》》と推定

HERO-SYNDROME

あなたが落としたのはこちらの金の斧ですか？

それとも、こちらの銀の斧ですか？

正直者のあなたには、無限の死を与えましょう。命を落とした貴方のことを、拾う方がいることを願っています。

八　鮮烈

「ッ!!」

一目で敵《かな》わないと分かる姿だった。

童話の泉の女神――その言葉が頭を過《よぎ》った。顔は例により黒く塗り潰され、女神のようなベールを着ているというのに、その身体《からだ》は白骨。両腕は奇妙なことに右が三本、左が一本あり、金銀の斧《おの》を白骨の腕が掲げていた。更に、三対《さんつい》の蟲《むし》の翅《はね》を使い浮かんでいる。

そんな《勇者》の下には、水たまりかと思うほどの小さな泉があり、霧はそこから発生しているようだった。

至近距離でそれを見て、カグヤは絶句した。これが霧の《勇者》。厳《おごそ》かなその佇《たたず》まい。

ハルをそっと降ろす。警戒しているコユキにそっと声をかけられた。

「……カグヤ、あんた行けそう？」

「少し、高いですね――跳べばなんとか」

《勇者》は高いところに位置している。地上から二メートル程度だから、それ自体はそこまで難題ではないのだろう。

寧《むし》ろそれまでの道筋の方に障害がありそうだ。あの金銀の斧《おの》はなんのためにあるのか。

寄る者を次々に斬り捨て、それに耐え得る者——所謂《いわゆる》繁殖対象となる者を選別しようとしているのか。

カグヤの脚ではあの高さには飛び付けない。

しかしコユキが撃ち続けてくれた。カグヤとハルを腕で庇《かば》い、片手で体幹もブレずに正確に狙いを付けている。

何度か撃ったのち、《勇者》がほんの少し怯《ひる》んだ。

好機と見たカグヤが飛び出す。しかし——左からだったのがよくなかった。コユキにとっての死角、つまり《勇者》から見て右側に潜伏する、《勇者》の腕に二人ともが気付かなかった。

「あっ……⁉」

カグヤが小さく悲鳴を上げたのと、何かが軋《きし》む音と、溶けて消えるような嗚咽《おえつ》が全て一緒に響いた。

「ぐ、うっ……」

「カグヤ‼」

《勇者》は——かつて人間だったそれは、カグヤを何だと認識しているのか、カグヤの首を骨の腕で締め、吊《つ》り上《あ》げている。カグヤは突然の苦しみに呻《うめ》いていた。

霧の中に銃声が響いた。すぐに溶けてなくなる音を置き去りに、カグヤの視界の端に、構えたコユキの姿が入る。しかし二発目を撃つ直前、コユキにとって最悪ともいえる出来事が。カグヤからでも見えた、それは。

（コユキ……右目が）

彼女の右目が溶けかけていた。

視界はぼやけ、狙うのは愚かまともに周囲を認識するのも難しいはずだ。けれどコユキは銃口を下ろさない。その表情は必死に何かを探ろうとしていて、けれど緊急下のこの状況ではその探索すら、難しそうだ。

「そ――そこから」と、カグヤは息も絶え絶えに叫ぶ。目の見えない彼女に向かって。

「距離――約一メートル半！　私の声より斜め上です！」

コユキは瞬時に全てを察して駆けだした。

走る――だが目の見えないコユキにとって、走りながら狙いを定めて撃つのは不可能に近いはずだ。撃ち損じる可能性も高いだろう。

だがカグヤは恐怖はしなかった。彼女が撃ち漏らすわけがないと知っていたから。

引鉄《ひきがね》は、意外にもあっさりと引かれた。パン、と軽い音とともに、弾丸は斧《おの》へと真《ま》っ直《す》ぐに向かっていく。半瞬にも満たないその短時間で彼女は、着弾を確信したようだった。その瞬間、コユキの右脚が消えた。

バギッ！　と歪《いびつ》な音を立てて、《勇者》の腕と斧《おの》がいっぺんに吹き飛ぶ。カグヤは地に落とされて少しうめいたが、すぐにコユキの元に行こうとする。

「コユキ……‼」

しかしコユキはその場にがくりと頽《くずお》れた。脚が溶けていっている。骨だけになっている脚も、もう彼女には見えない。

コユキの目は完全に見えなくなった。もう何も出来ない彼女は、最後の力を振り絞って。

「来ないで！」

寄り添おうとするカグヤを半分辛辣に追い払って。

「カグヤ‼　いって‼」

託すように、叫んだ。

叫ばれたカグヤは、コユキの作ってくれた隙を逃してはならないと悲壮な決意を固める。

あとは簡単だ。殴ればいい。直接組み付くことは難しそうだから、そう、普通の銃だけれど
——携行の拳銃だけれど、何発か撃てばこちらに近付いてくるかもしれないから——

そこでカグヤは、同じ失敗をしたことに気付いた。

「……そんな」

カグヤの右手は溶け始めていた。筋肉のない骨だけではもちろん、銃把を握るなんてことは出来やしない。

せっかく、まだ立ち上がる脚があるのに。コユキが身体《からだ》を張ってまで助けてくれたのに。

ごうん、と風を切る音とともに、《勇者》は斧《おの》を振り上げる。その下にいるのは、両腕を喪《うしな》

ったカグヤ。

コユキは気絶していて、もう彼女の目と左腕は完全に溶け切ってしまっている。ハルは腰から下を失っていて動けない。カグヤは左肩と右の手首から先を喪《うしな》い、懐《ふところ》の携行銃すら出すことができない。

逃げる脚はあるが、コユキとハルを置いてはいけない。だいいち走って逃げたとしても、この霧全体が《勇者》なら意味がない。どの方向を見ても八方塞がり。

打つ手など、何もなかった。

——ないから諦めるのか。

と、脳裏に響くのはリンドウの嗤笑《ししょう》。

それが無理だと思うから動かないのか——

「……まさか」

絶望からすぐに立ち直る。思考を止めてはいけない。

「斃《たお》す方法を、今——考えていたところですよ」

自分はもうただのお姫様ではない。

だが無謀に突き進むのではだめだ——確実に一手、変えられるとしたらカグヤの「接触」しかない。そしてカグヤは、まだ動くことができる。

ざっ、と右脚をほんの少し後ろに移動させる。カグヤが動いたからか、《勇者》は再び斧《おの》を複数振りかぶり、断罪のようにずどんと切り捨てた。

それを間一髪で避ける——偶然だった。たまたま飛びのいた方向に攻撃が来なかったというだけだ。それほどにカグヤは素人《しろうと》なのである。

（おそらく私が彼等《かれら》の心の中に入れる条件は——）

直接、あるいは間接的に接触すること。それも、軽く触れるのではなく強い衝撃を与えることだ。遠隔で攻撃が通るようなものでは駄目なのである。それはつまり、常に《勇者》の攻撃範囲内にいる必要がある、ということだ。

（斧《おの》は全部で四つ）

右の一本と左の三本。金と銀に分かれているが、違いは色だけのようだ。

（なら、右から行くべきよね——）

《勇者》から向かって右。走る。しかし早くはない——遅い。右の一本による強靭《きょうじん》な攻撃の方がずっと速く、暴れる斧《おの》はカグヤの行く手を的確に阻《はば》んだ。

その斧《おの》を必死で、そしてギリギリで避ける。

——二度ほど避けた時に、カグヤはあることに気が付いた。

それは斧《おの》を振り下ろした後の腕が再び上がる際にほんの一瞬、間があることだ。その一瞬に接触して中に入る。それしかない。

だがそのためには、斧《おの》が振り下ろされる、そのすぐ近くに居なければならないのだ。一歩間違えれば当たるかもしれない、そんな場所に。

勿論《もちろん》、狙うは右の一本の方。複数の方向から同時に斧《おの》が降ってきたらカグヤには耐えられない。タイミングが少しずれても駄目だ。一度でそれを行わなくてはならなかった。

金色の斧《おの》がどこか機械的に振りかぶられる。カグヤはその「道」を予測しようとした。目がない《勇者》相手は視線を看破することもできず、ただ——腕の微細な動きと向きだけで予測。

ひゅっ、と、振り上げられた斧《おの》は。その直後、カグヤを目掛けて落ちてきた。

（よし——この軌道ならいける！）

カグヤは避けないふりをして、敢《あ》えて数歩避けるだけにした。落ちてきた後、その腕を殴れるようにと、武器を構えて——

振り下ろされると思った斧《おの》は、空中で一瞬止まって、そして、軌道を変えた。

当然それは、カグヤの頭上に。カグヤが逃げられない速さで迫って。

「あ——⁉」

死を強く意識した。

顔は闇の底のように抉《えぐ》れて見えない。《勇者》に表情なんてものはなく、外界を正しく認識できていないから、こちらの状況に何かを思うこともない。

けれどカグヤは直感した。こいつは今嗤《わら》っている。獲物を嬲《なぶ》るのも飽きたというように、容赦のない一撃をカグヤに振り下ろそうとしていた。

（……そんな）

走馬灯が奔《はし》った。

まず考えたのは技研《ぎけん》のことだ。研究長とマリ。自分がやっていた反魂研究、その完成。

次に頭に過《よぎ》ったのはコユキ達のこと。コユキやリンドウ、ハル、先に逝《い》ったサクラ。

最後に脳裏に浮かんだのは銀髪の、彼のことだった。結局約束は守れなかった。

きっと、多分、死ぬのだろう。「適合」した人間なら死なないのだろうけど。《勇者》なりかけの自分はどうなるだろうか。やっぱり死ぬのは怖いと改めて感じる。

けれどやっぱり、すぐに醒《さ》めた。残る感情は一つ。

願わくばこの子が、正しく救われますように。

仲間達も皆。全員が、助かりますように。

そこに自分はもう入れないけれど。

「……さよなら」

それが何に対しての別れかは自分でも分からないまま、彼女は少しも目を瞑《つむ》ることはなかった。出来るなら最後まで目を開けていたかったから。

そんなカグヤの覚悟など無視して、斧《おの》は無慈悲に振り降ろされ――

肉が破裂する音と共に、霧の中に鮮血が舞った。

「もし、中尉が助けを求めるのなら」

——《勇者》の鮮血が。

「必ず行ってやると。……俺は、そう言おうとしたんだ」

呆然《ぼうぜん》とする中で、カグヤは見た。

静かな霧に響く疾走と銃撃の音を、目前で血を噴く《勇者》の腕を。
鮮血に赤く染まる銀のピアスと、覚悟を宿した青色の瞳を。
自分の前に立つ背中の懐《なつ》かしさと頼もしさを。
薄紫の瞳に焼き付くアズマ大尉の姿を。
見た。

九　信頼

カグヤは唖然《あぜん》とそれを見ていた。

目の前に誰がいて何が起こったかは分かったが、どうしてそれが起こったのかが分からない。

「アズマさん……なんで」呆然《ぼうぜん》と呟《つぶや》く。

「病院に行ったんじゃ……」

「行ったが戻って来た」

「戻ってきた!?」

「正確には、行く途中に進路を変えていただいた」

「いただいた、って……」

アズマを輸送していたのはミライのところの戦闘応援兵科。ミライに運転はさせられないという意識は共通だったのか、彼女ではないけれど。それならなおのこと、アズマの心変わりを許すはずがない。

アズマは苦しそうに脇腹を押さえている。流血は激しく、立っているのがやっとのように見えた。いや――それでも相当辛《つら》いはずだ。それでも彼は探して、走って、駆け付けてきた。

その姿を見てカグヤは。

「アホなんですか⁉」と、叫ぶ。

「すみません言い換えます。バカなんですか⁉」

「随分辛辣だな……これでも一応助けに来たつもりだったんだが」

「辛辣にもなりますよ――どうしてそんな状態で‼」

「それを貴女《あなた》が俺に言うか？」

揶揄《からか》うように、どこか呆《あき》れたように言われ、カグヤは言葉を詰まらせる。

「貴女《あなた》もあの時来てくれた。俺がしたこともそれと同じだ」

あの時とは数か月前で、彼が《勇者》になりそうだった時のこと。

「さっさと立て。安心しろ。死なせはしないから」

安心させるような彼の笑顔に、カグヤもほっと安堵《あんど》する。

「アズマさんにしてはかっこいいじゃないですか。今にも死にそうですけど」

「いつも一言余計だな。否定できないのが辛《つら》いが」

呆《あき》れたように笑った気配がある彼の背後で、立ち上がる。

すうーっと、深呼吸の音。「アズマさん」と、カグヤは力強く声をかける。

「死なないでくださいね。来たからには、やるべきことはやってください」

「……ああ、まあ、努力するよ」

ゴアン！　と音が鳴った。まるで石像が動き出したかのような音とともに、《勇者》が初めて動きらしい動きを見せる。

左腕に持った三つの斧《おの》が滑稽なくらいに大きく振りかぶられる。その斧《おの》が振り下ろされる前に、アズマがその腕を撃ち落とした。それを皮切りに《勇者》の斧《おの》による猛攻が始まる。

その猛攻を捌《さば》くアズマの体捌《たいさば》きは、まさに惚《ほ》れ惚《ほ》れするほどの手際《てぎわ》だった。カグヤにはきっと成し得ない、しかし命を預けるには充分な動きだ。

カグヤも彼女に出来ることをしなくてはならない。

襲う猛攻の、その全てをアズマが片腕で捌《さば》いていった。カグヤのすぐ横を斧《おの》が飛び、後方に轟音《ごうおん》とともに着地する。

しかしカグヤはもはやそちらを見もしなかった。攻撃が飛んでくる可能性が完全に消え去っていた。油断ではない。これは——信頼だ。守る者と守られる者との。

カグヤがアズマに一方的に護《まも》られているのではない。

カグヤも——アズマを護《まも》るために走る。

斧《おの》が無数に飛んできた。その全てがアズマの銃撃あるいは体捌《たいさば》きで軌道を変えられ、カグヤの元に届くものは一つもなかった。

走って、《勇者》に直接組み付ける距離に躍り出た。見上げる先は《勇者》の姿。その足に、今なら届く。

（今しか——ない！）

隙を狙ってカグヤは走り出す。まるで障害物など何もないかのように真っすぐに走った。そして彼女を襲う全てを、アズマは撃ち抜いた。カグヤはそれすらも――視線を寄越さなかった。

「――ッ⁉」

がくん、と。その時アズマが急に屈《かが》んだ。――いや違う。膝をついたのだ。

「アズマさ――⁉」

言いかけてはっとする。アズマの左膝から下の肉がなくなっていた。すぐに右脚の膝までが白骨化。

やはり無理が祟《たた》っていた。彼はもう立てない。動けない。

アズマは蒼白《そうはく》な顔をしながらもどうにか立とうとしていた。アズマたちがピンチに陥っていることを《勇者》が知覚したのかは分からないが、勝利を確信したかのように、鳴く。

【――シャアア――ラァァ――】

歌うような鳴き声は、敗北を喫した獲物を嗤《わら》っているようでもあり、そして、小さな子が遊ぶのを見ている姉のようでもあった。

その笑い声のまま、《勇者》は銀の斧《おの》を振り下ろす。アズマに向けて――咄嗟《とっさ》に避けた彼は銃を取り落とした。轟音とともに、アズマの数センチ横に溝が出来る。慌てて銃を拾い、アズマを抱えようとする。無理だと知っていても。

その醜態を見下げたまま、《勇者》は金の斧《おの》を一つ、投擲《とうてき》した。

その輝く凶器の刃にカグヤの恐怖の顔が映り、首に刺さる――寸前。こちらに手を伸ばしていたアズマに咄嗟《とっさ》に腕を引かれ、重なるように倒れ込んだ。

「逃げろ」と、アズマは言って来た。

「走り回っていればいつかはリンドウや他の奴《やつ》にも会えるかもしれない。その時になってから考えればいい」

「でもアズマさんが――」

「俺は大丈夫だ。そう簡単には死なない」

不敵に笑うアズマの言葉には、カグヤは答えなかった。

必死に頭を巡らせる。自分ひとりの力では《勇者》に近付くことすら出来ない。

様々な可能性が頭に浮かび、端からそれが否定されていった。残ったのはどうにもならないという、容赦も誇張もない、ただそれだけの厳然たる事実。

アズマを抱えて逃げるのも今のカグヤでは無理だ。既に腰から下が喪《うしな》われているアズマでも、三十キロはある。背負って動くならばまだしも――そもそもアズマは男性だ。重さがハルとは段違いである。それに、《勇者》から逃げたところで、霧の中にいる限り消滅は免《まぬが》れない。

(どうしよう――どうすれば……!!)

焦《あせ》る彼女は、気付かなかった。

先程拾った銃が――無力を感じた彼女が思わず取り落とした本体が、下になっているアズマの方へと落ちて行ったことを。

ほんの一瞬にも満たない時間だったが、アズマがその銃に視線を向けたことを。

落下までの時間は半秒——重力に従い落ちていく銃がそのまま床にぶつかる——寸前。

アズマが姿勢を無理に変えた。落ちる寸前の銃のグリップを摑《つか》み、そのまま即座に狙いを定める。まるでかつて一度、同じ動きをしたかのように。

何事と驚くカグヤはそのままアズマに抱き寄せられて。

「撃ったら行け」

耳元でそっと。

「この一発は必ず当たる。確信がある」

何故《なぜ》なら。

「何故《なぜ》ならあいつは——コユキよりは遅いからだ」

けぶる霧の中に、響いた銃声——同時に。

【——シャアアアアア——ラアアアア——!!】

《勇者》の脚と胴を弾丸が破壊した。壊された《勇者》の身体《からだ》ががくりと頽《くずお》れる。まだ地面には落ちていないが、カグヤの脚でも充分に飛びつける高さだ。

(今しかない……!!)

アズマを振《ふ》り解《ほど》いてカグヤは走る。ダメージを受けている今しか機はない。アズマから銃を奪い取り、そのまま走って《勇者》の胸に飛びついた。危険極まりない場所で、カグヤは《勇者》の胸に銃口を向ける。

「逃げられると思わないでください――」

銃口を押し付ける。言葉と共に。

「――たとえ貴方《あなた》がどれほど嫌でも。泣き叫んで嫌がっても」

ゼロ距離で押し付けて引鉄《ひきがね》に指をかけた。撃てなくても構わない。他人の精神に関与する無遠慮と、生と現実を押し付けようとする傲慢を許されるのなら。

「私が必ず、連れて帰る」

引鉄《ひきがね》を引く。銃声は響かなかった。反動もない代わりに、それはとても静かな攻撃だった。

カグヤにとって銃身も弾丸も引鉄《ひきがね》もただの道具にすぎない。通常の銃がただの命を奪う道具であるように――彼女の繰るそれは、魂を救う道具だ。

一瞬にも満たない時間で、カグヤは《勇者》に心中で声をかける。

――名も顔も知らないそこの貴方《あなた》へ。現実を一度捨て去ってしまった貴方《あなた》へ。

――私は貴方《あなた》を救うために、命を懸ける。

十　沼底

そこはまるで、夏休みのような場所だった。

じりじりと、肌を焼くのは真上から降り注ぐ太陽光。学校の校庭で、蟬《せみ》の声一つ聞こえない静寂の中、カグヤは立ちすくむ。

「ここは……」

カグヤは普通の学校を知らない。夏休みはとても楽しいものらしいことは知っているが、具体的には経験がない。

人の声が全くしないその場所は、詳細を知らない彼女にとっても悍《おぞ》ましいと感じる場所だった。何せ蟬《せみ》の声すらしないのだ。まるでそこだけ隔絶されているような空間だ。

（って、まあ実際隔絶されてるんだけどね）

無理やり精神に余裕を取り戻したカグヤは、とりあえずこの世界の主を見つけるために歩き出そうとする。一歩踏み出し、方向を定めようとした時――歌が聞こえた。

はっと顔を上げた。あの歌だ。《勇者》が愉《たの》しげに謳《うた》っていた旋律そのもの。ご機嫌で鼻歌でも歌っているような、一人の少女の声が、風に乗って上から流れてくる。

その音の方向を見て、――随分と高い。ほとんど真上を見上げるような姿勢になった。そこにいる人影を見かけ、彼女は声を上げかける。屋上で一人の少女が舞っていた。

屋上のフェンスの外で踊っている。事故防止のために、フェンスから屋上の端までは一メートルほどの幅があるが——その小さな舞台で、彼女は踊っていた。踊りのことは詳しくないが、その動き。右腕と左腕を不規則に、交互に動かすあれは《勇者》がしていた動きそのものではないか。

優雅に。バレエを踊るように狂々《くるくる》と。ミュージカルを演じるように情熱的に。歌は嫋《たお》やかで美しいものから、激しく、高く、まるで羽ばたくように——

——落ちた。

息を呑《の》むカグヤの目の前に、少女だったモノは墜落した。バァン！　という爆音とともに、血がぴっ、とカグヤの頬に飛ぶ。ばらばらになった肉塊を前に、カグヤは呆然《ぼうぜん》としていた。そのあまりの——凄惨に。

（ここって……確か理想の世界、なのよね？　どうして……）

これまで干渉してきた世界は、程度の差はあれど必ず、主にとって楽しい場所だったのだ。それは母親との砂遊びだったり、愛犬との散歩だったり、聖女としての救済だったり。あるいは妹との暮らしであったり、花畑の中の再会であったりと。

それなのにこの歪《いびつ》。まるで当人が、当人こそがその理想を知らないような、そんな世界。

【ラ——ララァ——】

また歌が聞こえた。もはや顔を上げなくとも分かる。——そこにいる。

歌う少女。死と生の狭間《はざま》で舞うマドンナ。彼女こそ、この世界の主《あるじ》だ。

屋上にはほどなく着いた。鍵のかかっていなかった扉を開け、そしてカグヤは目を眇《すが》める。

落ちた少女と同じ少女が舞っていた。フェンスの外で。

カグヤの姿を認め、それで踊るのはやめたが。

【え……誰？　貴女《あなた》】

「この学校の職員です。えっと……下から貴女《あなた》のことが見えたので」

少女はあからさまに不審な顔をした。カグヤが未成年であることを感じての顔だろう。こういう場所の職員はだいたい大人であることはカグヤでも分かる。

だがそれだけだった。カグヤが来たことに何か心を動かされた風でもなく。通行人に話しかけられたのと同じ程度の無関心さで、地面の方に再び顔を向ける。

そしてまた、彼女は歌う。カグヤなど目にも入らないかのように。

歌って踊っている。屋上のフェンス外という、注目を浴びる舞台上《ステージ》で。

カグヤはそれを止めようとした。理想の世界とこの情景がどう結び付くかは分からないが、目の前で危険なことをしている人がいたら止めるのが普通だ。

「待ってください！　貴女《あなた》――っつ‼」

フェンスに触ったらとんでもなく熱かった。火傷《やけど》しそうな。

強い陽射《ひざ》しの中、アルミ製のフェンスは確かに強烈に熱いだろう。だがそれだけではない気がした。火そのものに触れているような熱さだ。苛烈で繊細な、尖《とが》っているくせに傷付き易《やす》い壊れた鏡のような。

とても上れないと判断したカグヤは言葉を尽くそうとする。

しかし他人の自殺を止めた経験なんてない。

その気持ちが彼女には分からない。リンドウに言われたことだ。けれど分からないからといって――分かろうともしないのは違う。

「名前は？　せめて聞かせてください。貴女《あなた》の名は⁉」

聞かれれば、相手はこちらを気にせざるを得ない。彼女は舞い踊りながら踏み出そうとした脚を止めて、こちらを見もせず静かに答えた。

【……鈴芽《すずめ》】

「鈴芽《すずめ》さん――」

カグヤは止めるためにフェンスにもう一度触れようとしたが、やはり高熱すぎてほんの一秒も触れることが出来ない。

「そこから離れてください！　とりあえず――危ないから、まず動くのをやめてください」

屋上のフェンスの外は一メートルほどの幅があるが、危険なことには変わりない。だが鈴芽《すずめ》には声も届いていないようだった。何をしようとしているのかは、すぐに分かった。

「鈴芽《すずめ》さん……こんなことを言うのは陳腐で、嫌なのですが」

カグヤはほんの一瞬迷った後、これしか言えない——これ以外に思いつかない言葉をかける。

「死んではいけません。簡単に、ではないと思うけれど、いきなり投げ出さないで——」

【は？】

鈴芽《すずめ》が恐ろしい形相《ぎょうそう》で振り向いた。その瞬間、カグヤはあの時に感じた拒絶の感覚をもう一度味わう。身体《からだ》の周囲を豪風が取り巻き、異分子として世界から拒絶される。

まずい、と手を伸ばした。手が届く距離にいるのに、熱されたフェンスに阻《はば》まれて摑《つか》むことすら出来ない。

もはや鈴芽《すずめ》はカグヤの方など見てもいなかった。どこかに飛ばされそうな彼女の方など見もせず、手の中に持っていた小さな袋を開けている。

その袋に入ってるのが誰かの遺灰であることを見て。それを見て誇らしそうに笑って舞って飛び降りた彼女の顔を見て、カグヤは気付いた。

——間違いない。ここは確かに彼女の理想の世界だ。

だが彼女の理想は、例えば誰かと幸せになることではなく、死ぬことそのもの。

ここで死に続けることが、間違いなく彼女の望んだものであると——

・・・

「!!」

カグヤが停止して二秒後——

「が、っ、中尉!」

カグヤはアズマの上に思い切り落ちてきた。それをどうにか上半身だけで受け止めたアズマは、時まで止まっているような彼女の顔を覗《のぞ》き込む。

「……ッ、」

《勇者》は消えていない。動きはだいぶ緩くなっているものの、未《いま》だ厳然とそこに居る。ここではない何処《どこ》かを空虚な眼窩《がんか》で見つめ、焦がれるように下を向く、その《勇者》。

失敗か——と、アズマは悟り、次いで冷や汗が滲《にじ》むのを感じる。

ここでの失敗はまずい。全員がほぼ戦闘不能に陥っている中、状況の打開を出来るとするならカグヤだけだったのだ。カグヤの両腕は白骨化が進み、それ以前に彼自身の肉体も欠けているから、一度退避するということも出来ない。

歯嚙《はが》みした。これでは自分はいったい何のために来たのか分からない。

この「白骨化」は、《勇者》化とは違うようだが。それでも、化け物になることに変わりはない。一筋の恐怖を覚えながらも、せめて彼女だけでもと抱えようとした時、彼女が瞬《またた》いた。

「カグヤ⁉」と叫んだアズマの声に、彼女はすぐに起き上がる。そして見上げるは、アズマではなく件《くだん》の《勇者》。

カグヤはもうあの時のような、諦めろと言われたときの悲壮な目はしていなかった。息を呑《の》むアズマの肩に平気で脚をかけ、蹴とばすようにして跳ぶ。

しかし彼女の脚力では、いま一歩足りなかった。跳躍が足りず落下しかける彼女の、その後ろ姿を視界に入れたその時——彼自身の中から何かが湧き上がる。自らが人でないものに近付くことを全身で感じて総毛立つ——が。

アズマは、その湧き上がるものに任せることにした。腹から下が白骨化した力など到底入らないような姿だが、何故《なぜ》か自分の身体《からだ》は別の生き物かのように強く、純粋な腕力のみでカグヤを投げ飛ばす。

その時に彼は見た。《勇者》の顔面を覆う闇の向こうを——

少女だった。何かに焦がれ、焦点の合わない瞳をこちらに向けていた。その表情に向き合って、アズマは正しく恐怖しつつも一抹の憐憫《れんびん》を向ける。

かつては向こう側にいた自分だからこそ。還《かえ》ってこれなくなった妹とサクラの分まで、彼女を——こちらに引き戻すために。

「おい‼」

反動で倒れたアズマは叫ぼうとするも、誰が止める暇もなく。再び彼女は《勇者》に銃口を向け、引鉄《ひきがね》を引いた。

目を丸くしたのだろうアズマの眼前で、カグヤは再び意識を失う。

・・・

——再び同じ場所に出た。

隔絶されたような、静かで恐ろしい学校。そこで死を望み繰り返す少女。

彼女の理想が死そのものであるなら、それを止めれば目的は達成されることになる。

今度は目的の場所が分かるから、すぐに屋上に到着した。相変わらず何故《なぜ》か鍵のかかっていない扉を開けて、そこに、やはり、居た。

【え】と、彼女は再び目を丸くした。

【えっと——さっきの人?】

「さっきの人です」

カグヤはずんずんと近付いていく。痛いほどに熱いフェンスには触れず、声をかける。

【貴女《あなた》の名前は鈴芽《すずめ》さんと言うんですね】

鈴芽《すずめ》はカグヤを邪魔者でも見るような目で見ていた。

陽射《ひざ》しが少し強くなっている。燃えそうだ。そんな中、カグヤは静かな中にそっと言う。

「ここは——この世界は、現実の学校ではありません」

蟬《せみ》の声すらしない、異様なほどに熱い空間。彼女はそれを特に否定はしなかった。

「貴女《あなた》が創り出した、貴女《あなた》が理想とする世界なんです」

【よく分からない。貴女《あなた》本当にここの職員なの？】

危ない人なんじゃないか、と、鈴芽《すずめ》の瞳に露骨に警戒の色が宿る。カグヤはそれを無視した。

警戒されることなど、もう毎回のことだ。されたって構わない。それを融解させようとも。

「……嘘《うそ》を吐《つ》いてすみません。私は職員ではないんです」

そしてカグヤは、自分の名を名乗ろうとした。

シノハラ・カグヤ。研究員。

「私は貴女《あなた》を止めに来ました。現実を捨てて、誘《いざな》われようとしている貴女《あなた》を——」

あはははと、カグヤの言葉を遮って、彼女は背中だけを見せたまま笑い出した。

怖気《おぞけ》を誘う笑い声だった。少女らしい声なのに、その奥にある深い絶望と——諦念《ていねん》と軽蔑を感じてしまって。

振り返った彼女は、嗤《わら》いながら目に涙を浮かべていた。笑い泣きの類《たぐい》だろう。

【もー何言ってるのさっきから。死ぬとか死なないとか。あ、ひょっとしてそういう設定？

趣味悪いなぁ】

無邪気に笑う彼女に、カグヤは背筋が寒くなりながらも、問う。

覚えていないのか。分かっていないのか。今の自分の状態を。

「設定って――鈴芽《すずめ》さん、貴女《あなた》今、自分が何をしてるのか分かってるんですか⁉」

カグヤはフェンスに摑《つか》みかかろうとして、出来なかった。触れたら手に張り付きそうな熱さを感じてしまったから。

そんな彼女に不可解な目を向けた少女は、【何をって】と、首を傾《かし》げる。

【舞台に決まってるじゃない。ここがクライマックスなんだから。邪魔しないで】

言っていることは全く分からなかったが――

それでも、彼女のしようとしていることは分かる。人生のクライマックスとそう言った。

それなら、彼女は理解していないわけじゃない。今から自分が何をしようとしているのか、知っていて選択したのだ。

「どうしてそんなこと――死なないでください、そんな――」

【死なないでって、所詮口で言ってるだけでしょ。私のことを考えているようで、何か別のものを見ている。そんな感じするわよあんた】

「そ、それでも私は――」

【じゃあ具体的にどうしてくれるの？】

ふっと、周囲の気温が下がった。元々苛烈なほどに暑かったから、少し心地よいくらいではあったが。
それでも、気温が変わったのは鈴芽《すずめ》の中で何かが変わったからだろう。彼女の中に滾《たぎ》ってい
た何かの熱がすっと醒《さ》めていったように。
黙ったカグヤを、彼女は侮蔑する。
【……答えられないなら最初から適当なこと言わないでくれる？】
ひゅおっ、と風が吹いた。とても真夏の空気とは思えない、そら寒い風が、カグヤの頬を叩《たた》
く。明らかな拒絶をカグヤは感じる。
しかしカグヤは知ることができた。彼女の悲痛な、誰かに助けを求めているかのようなその
心を。

「なんだったんだろうね？　あの子」

緋色《ひいろ》の少女が風とともにどこかへ去ったのを見届けた後。鈴芽《すずめ》は疲れたようにその場に座り
込んだ。なんだか意味もなく疲れてしまった。ましてやここは、彼女の晴れ舞台。

わっ、と歓声が響いた。周囲の風景が変わる。

気付けばそこは舞台上だった。文化祭のステージのような脚本の終わりを演じる舞台。

「静香、知ってる？　さっきの子」

と、鈴芽《すずめ》は横に立つ少女に零《こぼ》す。鈴芽《すずめ》とほとんど同じ顔をした少女だった。

「あんな子知り合いにいたかなあ。なんであんなこと言うんだろうね――」

死なないでください、と。

「あんな子、配役にいたかなあ。邪魔しないでほしいよね」

少女はそれを黙って聞いていた。うんうん、と頷《うなず》きながら。

少女の顔は鈴芽《すずめ》と瓜二《うりふた》つだった。静香と呼ばれる彼女は、鈴芽《すずめ》に手を差し伸べる。

「そんなのいいから、行こう？　鈴芽《すずめ》。みんな待ってるよ」

それに鈴芽《すずめ》は応えようとした。その手を取って、今度こそ、静香《しずか》の元へ――

【待って!!】

切り裂くような声が背後から。

同時に全ての光景が変わった。無機質な屋上。人のいない校庭。声に向かって振り向くと、その視線の先は一度見た顔。焼け付くようなフェンスの奥にいるのは緋色《ひいろ》の髪の少女だ。

【駄目です！　そっちに行っては――軽々しく命を捨ててはいけません！】

少女の顔を見て、その言葉を聞いて、鈴芽《すずめ》はあからさまにため息を吐《つ》いた。

そして再び前に向き直った。またそれか。

それしか言えないのか。

そもそも、死のうとする人間を止めることが既に傲慢なのだ。勝手に生を与えたくせに、それを拒絶することすら許さない。生きることは最上の幸福だなんて、いったいどこの馬鹿がそう思ったのか。

生きることを至上とするのは、人生が幸福な者だけだ。

例えば餓《う》えたことも、理不尽に傷付けられたことも、同じだけ理不尽に奪ったこともない者だけ。鈴芽が生きて、体験してきた全てを、想像すらも出来ない者だけ。

その脚本を与えられなかったのだから、それは当然かもしれないけど。

「もう——うるさいな。あっち行ってよ」

【行きません】

あくまでも、彼女は食い下がる。フェンスの中で。安全圏で。

【分からないかもしれないけど私は、貴女《あなた》を——】

「うるさい。もう関わらないで!」

また風が吹いた。とても真夏の空気とは思えない、そら寒い風が、鈴芽《すずめ》と少女の頬を叩《たた》く。

明らかな拒絶を、それをしていることを、鈴芽《すずめ》とて嫌でも感じた。

しかし彼女はその時に見た。

緋色《ひいろ》の少女の、泣いているような、しかし決意に満ちたその顔を。その——心を。

・・・

「――関わらないで、ですって」

――分かったらもう、関わらないでくれ。

カグヤは最後に叫ばれた悲痛な言葉を反芻《はんすう》する。その気持ちも意味も全て理解しながら、それでいて受け入れず、怒鳴り返すように。

「お断りです!!」

十二

「……!」

カグヤが何をしているか、ハルは傍目《はため》からは理解出来なかった。

いや、その場の誰も理解出来ていなかっただろう。

カグヤは最初に《勇者》を殴った後、数秒停止した。当然のように落下する彼女は、アズマに無理矢理抱きかかえられる。

だが彼女は途中で起きるのだ。何度も。腰から先を失ったアズマではカグヤを止めることは難しく、そんな彼を振り切って、カグヤは《勇者》の方だけを見ている。

彼女が最初に《勇者》と接触してから――六秒ほどが経《た》った。しかし、毎回途中覚醒をするのだ。それも、もう三回も――彼女の言う通り一秒が十分ほどならば、精神の世界とやらで過ごしている時間は六十分。

そしてまた、カグヤは覚醒していた。しかし全ての制止を振り切り、アズマの肩を踏み台にするように腕を伸ばして、《勇者》に銃口を向ける。

撃てないはずの銃から。まるで彼女の心そのものを射出するかのように。

「……なんなの」

彼女がどんな戦いをしているかはハルには分からない。だけれど、傍目《はため》からでは何度も失敗しているようにしか見えない。

それも、すぐに――即座に彼女は再び挑戦する。何度でも。

「なにをしてるの？　なにをしたいの？　あの子は――」

一度救えなかったのなら放っておけばいいのに。

どうせ意味なんてないのだから。非合理だ。

彼女の戦いは、他の者に理解されるとは言い難い。実際ハル自身も、未《いま》だなおよくは分かっていない。

きっと他のメンバーも、アズマでさえ、重要性は理解しているだろうけれど本当に理解はしていないのだろうに。どうして。

「やっぱいでしょ。あの子」

仰向けに寝転がりながらだから上下逆になった世界で、そんな声がした。

コユキだった。両目をやられて戦線離脱している彼女は、まるで見えているかのようにハルに声をかける。溶け切って空洞になった目を見られたくないのか、無事な方の手でどうにか隠していた。

「なんでアズマがあの子を特別扱いしちゃってたか。アンタにならもう分かるんじゃないの」

アズマが彼女を護《まも》ろうとする、ハルには許容しなくても彼女には許容するその理由は。

「私らが《勇者》になっても、あの子なら助けてくれるってこと。人間として死なせてくれるってこと。それをあの子が唯一可能だから」

たとえもう人間には還《かえ》れないとしても、《勇者》として死んだとしても、ただの人殺しの化け物として死んだわけではないと、少なくとも彼女には覚えていてもらえるから。だからアズマ大尉も、他の皆も、彼女を特別視する。それは、いつだって瀬戸際《せとぎわ》にいる少年少女にとってはかけがえのないもので――

「――なんて思っちゃってる奴《やつ》が一番嫌いだけどね」

「え」

「あの子は希望なんかじゃない。ただの女の子よ」

と、コユキは心底悔しそうな顔をしていた。

「サクラも酷《ひど》いよね。最後の最後にそんなもん背負わせるなんてさ。あの子は大食いで、ちょっと理屈っぽくて、人より少し優しい程度の普通の子なのに。……元々は技研《ぎけん》なんだから、別に逃げちゃってもいいのに、まだこうして——私だってわからないよ。どうしてあの子はあんなにも自分を追いつめるのか」

諦めはしないのだと。かつて彼女に言われた言葉を想起する。皿に移しもしなかったスープの香りとともに。

カグヤは目の前で、再び何度めかの「没入」を行っていた。ハル達どころか、アズマでさえも気にしていないようだった。

誰に何を言われても、思われても、目の前の誰かを救おうとする無謀と未熟さ。そんな姿が。重なったのだ。

「そんなにまでして、誰かを救うために——なんで」

誰にも理解されないと分かっていても、誰かを救うためにと決して諦めなかった、以前ともに戦ったかつての恋人の姿が。その直後に、救いたかったはずの相手を傷付ける《勇者》になってしまった彼が。

その時にそこで戦っていた、それまでは綺麗事《きれいごと》を信奉していた、そんな彼が好きだった、自分自身の姿が。

・・・

「……ッ、」

再びの没入。

しかしカグヤは焦《あせ》っていた。流石《さすが》に何度も失敗すると、カグヤにも色々な懸念《けねん》が出てくる。まず、現実世界での様子——外では六秒近く経《た》っているはずだ。平時ならともかく、戦場での六秒は生死を左右する。

自己陶酔という言葉が脳裏に過《よぎ》る。本当にその通りだと思った。

こんな風に一度ハネられたからといって何度もアタックするなんて。誰にも迷惑をかけないならいい。だけれどこの間も、外ではアズマ達が——

「……いえ」

信じよう。彼を。

だが彼女はそんな無茶を強いていることを承知で、更なる無茶をしようとする。もう二度拒絶されたのにもかかわらず、同じことを説こうとしている。

だが考えなしの無謀ではない。幾つかのやりとりで彼女は分かったことがあった。

最初に相対した時、カグヤは違和感を感じていた。それは、あそこにいるのが必ず一人しかいないということだ。

精神の世界には必ず《女神》がいるはず。

けれどあの屋上にいるのはいつも彼女一人だけ。他には誰もいない。なら、彼女を死に駆っているのはいったい誰なのか。

誰というのは違和感のある言い回しだが、彼女が「大切な人」と捉えるものがあるならば。

（やはりあれしかない）

彼女の持っている遺灰。

あれが《女神》だ。

十一　執念

——もう何度目の落下だろうか。

と、鈴芽《すずめ》は見慣れた地面を眺めてそう思う。

鈴芽《すずめ》は己の人生について特殊な考え方を持っていた。愛されることがほとんどなかった彼女は、人格乖離《かいり》——自分の姿を上から俯瞰《ふかん》しているような、そんな気分になることがあった。だからこそ人生とは舞台、演出、脚本なのである。それを教えてくれたのが、静香だったのだ。天百合静香《しずか》。彼女の双子の妹。

「……」

鈴芽《すずめ》がこの屋上に最初に立ったのは、今からもう二十二時間以上も前のことだ。

気付けばこの、屋上のフェンスの外側に立っていた。それまで自分が何をしていたかは思い出せず、ただ惹《ひ》かれるままに——駆られるままに、四階分下の地面に飛び続けていた。

時にそれは、舞台の姿をすることもあった。それでいうと自分は最低な、趣味の悪い脚本家が酔っぱらって書いたような駄作を脚本にされたのだろう。

そうとしか思えなかった。だから、その脚本を途中で台無しにしてやるのが彼女の復讐《ふくしゅう》だ。

それなのに——飛び降りても気付けば屋上に戻っているのだ。毎回だ。まるで賽《さい》の河原《かわら》で永遠に石を積み続け、どこにも行けなくなっているかのように。

何度も落ちるのは——もう三桁は回数がいっているから、流石《さすが》に慣れたとはいえ、やっぱり痛い。何度も経験したいものではない。

でもじゃあやめたいのかというと、それも違う。

やめられないのだ。

今度こそ終わりに出来るかもしれない、という、縋《すが》るような気持ちで何度も飛び続けていた。

何を終わりにしたいのかすらもう思い出せないのに。

飛び降りようとする度にやってくる緋色《ひいろ》の髪の少女も、もう気にもならなくなってきた。

なんだか「そういう現象」みたいに捉えていた。相変わらず言うことは綺麗事ばかりだし、耳を傾ける価値もない。

【鈴芽《すずめ》さん——その手に持っている方は、どなたですか】

だけど何回目だろうか——三回目くらいだったはずだ。

そう問われた時だけ、鈴芽《すずめ》は少し少女に興味を持った。

【大切な方なんですか。こんな時にまで持っていきたいと思うほど】

「……貴女《あなた》には関係ないでしょ」

【いいえ。貴女《あなた》がこんな風に囚われているのは、その遺灰のせいなんです】

また分かったようなことを言う。

【その方は一体、どなたなんですか？　貴女《あなた》の知っている人？】

「これは――」

ムキになって振り返って応えようとして、鈴芽《すずめ》は言葉に詰まった。

遺灰？

どうして遺灰なんてものを持ち歩いているのだろう。

「……ええと」

【思い出せませんか】

静かに問うてくる少女。なんだか悔しくなって、どうしても思い出してやろうとした。

わざわざ遺灰を持っているということは、きっと身近な人のはずだ。忘れているのは何故《なぜ》だか分からないが、それだけ大切に思っていたなら必ず思い出せるはず。

「鈴芽《すずめ》」と、声がした。

「鈴芽《すずめ》、騙《だま》されないで」

静香《しずか》の声が。

周囲の光景が歪《いびつ》に変わっていく。屋上と演劇の舞台が混ざり合ったような、気味の悪い世界。後ろでは緋色《ひいろ》の少女がこちらを睨《にら》み、目前にはたくさんの観客。前と後ろ――正反対の情景。

「来て。こっちに」

前に立つ静香《しずか》は彼女の手を引いた。前へ前へと。

早くこっちに来てと、甘く美しい誘《いざな》いの声だった。その声にまた一歩、鈴芽《すずめ》は踏み出す。

その時鈴芽《すずめ》は「あれ」と思った。なんだか今までの一歩とは少し違う。

言うなればそれは、解放のようなもの。今度こそ終わりに出来ると本能的に理解して、鈴芽《すずめ》は喜んで一歩一歩、近付いていく。

【鈴芽さん、そこに誰かいるんですね⁉】と、少女の叫ぶ声がするが、届かない。

「意外と時間がかかったね」と、静香《しずか》は喜色を帯びた声だ。何が、と彼女に顔を向けて、そして鈴芽《すずめ》は絶句する。

「なに——その顔」

それはもう笑顔とは呼べない何かだった。狂気が、人でないモノが無理をして笑顔の真似《まね》をしているような、そんな表情が張り付いている。

それで鈴芽《すずめ》は躊躇《ためら》ってしまった。——今から死ぬというのに、彼女はこんなに笑顔で？

「私は——」

【——ッ駄目です‼】

フェンスの内側、背後にいる少女が何かを叫んでいる。だけどその声は、急にピンぼけしたようになって聞こえない。

逆に、はっきりと聞こえるのは隣の少女の声だ。「一緒に行こう」と、甘く囁《ささや》いてくる。

そしてもう何度目かも分からない動きを繰り返した。更にもう一歩踏み出す。

喉元のあたりに、何か暖かいものがあることにその時気付いた。

今にも弾《はじ》けそうだ。きっともう一度——もう一度跳べば、今度こそ終われるのかもしれない。

と、足を出そうとして。

がしゃり、と、背後から音がした。

え、っと後ろを見たら、誰もいない。緋色《ひいろ》の少女もいなかった。

なんだ、と少し残念に思う。意外とあっさり諦めてしまったらしい。

だが意外ではなかった。何度言葉を重ねても無駄だとようやく分かったのだろう。

(ま……どうでもいいか。やっと邪魔者がいなくなったんだし——)

鈴芽《すずめ》は意に介さずに再び前を向く。

そして最後の一歩——今度こそは終わることが出来ると確信が持てる。

その最後の一歩を、

【——ッ捕まえた!!】

踏み出すことはできなかった。

「……!?」

　ガシリと背後から誰かに抱えられたのだ。その瞬間暖かい夢想がすべて霧散。暑くて無機質な屋上に戻っていた。背後はフェンスしかないはずなのに。誰も近付けないはずなのに。それ以前に、ここまで来るような人がいるわけないのに。

　こんな閉じた世界の、ただ一人の少女が死に続けるだけの空間に。

「……え」

　だけど、そこに居た。

　そこには、何度も何度も拒絶してやった、けれどその度に諦めずに食い付いてきて、どれだけ説明しても分かろうともしなかった、けれど初めて自分を止めた――

　緋色《ひいろ》の髪の少女が。

十一―二

　彼女の手と腕と、それから脚はぼろぼろになっていた。

「の、上って来たの……⁉」

　このフェンスがひどく熱いことは彼女も知っている。自分とそれ以外を隔絶するものだ。彼女がフェンスの内側に行くことも、本当なら内側の人間が来ることもできないはず。

「は、離して！」

【離しません】

「ちょっと――やめてよ!!」

【やめません】

鈴芽《すずめ》は正直、この頑《かたく》なな少女を呪った。

彼女がただ綺麗《きれい》ごとを言うだけの分からず屋であったなら、無視も出来ただろう。

だが違った。彼女は分からず屋ではあったけど、自分が傷付きもせず誤魔化《ごまか》しはしなかった。

【貴女《あなた》が何を望んでいるかはよく分かりました――けれど私は貴女《あなた》の理想を否定します】

「理想――」

【貴女《あなた》が望んでいるのは終わらないこと。死してなお終わりを認めないことです。貴女《あなた》の理想を認めない。そんなに死を望むなら――ならどうして、貴女《あなた》はまだここで留《とど》まっているんですか。死と生の狭間《はざま》のようなここで、未《いま》だに死を繰り返すんですか。それは貴女《あなた》が本当は、】

「やめて」本当は終わりたくないだなんて、そんなこと言わないで。

ほんとうのことを、言わないで。

【……なら、本当のことを言います】

なのに何故《なぜ》か彼女の声は、鈴芽《すずめ》の中に響く。入ってくる。

【貴女《あなた》は今、化け物になって暴れています】

「化け物……?」

【何度も死を繰り返す世界——貴女《あなた》も分かるでしょう。こんな世界は現実にはありえない】

それは鈴芽《すずめ》とて分かっていた。

人は一度死んだら二度と生き返らないのだ。だから、何度飛び降りても元に戻るこの世界は異質なのだと感じていた。それ以前に、目の前の光景はくるくると変わる。出来の悪い映画でも見せられているかのように。

【貴女の暴走で二十人——少なくともそのくらいは死んでいる可能性があります。貴女《あなた》の姿は骸骨の姿の女性。斧《おの》を振り回し、私の仲間を殺そうとしている。けれど貴女《あなた》はまだ、ひょっとしたら戻れるかもしれないんです】

「戻るって何に……」

答えは分かっていたけれど、尋ねざるを得なかった。

【人間に】

そして彼女は鈴芽《すずめ》の予想通りの回答をした。

【貴女《あなた》はこのままでいいんですか——化け物として死んでも⁉】

だからなんだ、とも思った。

人の死に様なんて千差万別なのだ。生き方がそれぞれ違うように。それになんの貴賤《きせん》もない。

それにそもそもの話。

「そんなこと貴女《あなた》には関係な、」

【関係ありますよ！】

突然の叫喚に、鈴芽《すずめ》は一瞬唖然《あぜん》とする。それまでのイメージとは大きくかけ離れた姿だった。

【勝手にそんなこと言わないでください！　そりゃあ私は傲慢かもしれませんよ——貴女《あなた》の事情にも気持ちにも寄り添うことも出来ないし、気持ちが分かるなんて無責任なことも言えません、これは最初から最後まで、私の都合を一方的に押し付けてるだけです！】

鈴芽《すずめ》は咄嗟《とっさ》のことで何も言えず、一気に吐き出された彼女の言葉が一瞬遅れて頭に入ってきた。頭に入ってきてもよく分からなかった。

【私はもう、分からないからといって思考を止めるようなことはしません】

決意が、他人なのに誰よりも遠い距離にいるのに、それでもよくわかる、そんな声だった。

【貴女《あなた》の人生がこれまでどう歩んできたのかは私には分かりません。分かりようもないけれど】

だが彼女の薄紫の瞳に、驚くほどの強い輝きが灯《とも》っているのを、鈴芽《すずめ》は見た。

【でも貴女《あなた》の人生は変わるでしょう。……だって貴女《あなた》は今ここで私と出逢《であ》ったから】

「は？」流石《さすが》に呆《あき》れてしまった。

だって今初めて会ったような相手なのだ。最初に顔を合わせてから一時間と経《た》っていない。名前すら知らない。まだ、隣の家に住んでいる人の方が馴染《なじ》みがある。

「いや、貴女《あなた》一人に一体何の価値があるわけ？　さっき初めて会った人なのに——」

【回数は関係ありません】と、少女はしつこく言い募る。

【生きるということは出逢《であ》いの連続です。その中でたった一人と出逢《であ》っただけでがらりと変わる。誰か一人に出逢《であ》わなかっただけで、その後の全ては変わってきます】

「だから……貴女《あなた》はその一人になれるってことなの」

なんて傲慢な人なんだと、鈴芽《すずめ》は思った。他人の人生をなんだと思っているのか。

どうして自分一人が他人の人生を変えられるなどと。あらかじめ決まった脚本を変えるなど。

「ほんと凄《すご》く傲慢ね、貴女《あなた》」

これは単に呆《あき》れだった。

「いいから離してよ。貴女《あなた》ごときで私のこれまでの人生《脚本》が変わるわけがないじゃない――なんか、精神論だけで生きてる熱血生徒指導みたいな人間だわ」

精神論しか言わない人間は信用できない。自分の言葉に酔っているか、都合良く他人を操ろうとしているかのどちらかだから。

【……その遺灰をこちらに渡してください。それか、捨ててください】

ほらやっぱり、と鈴芽《すずめ》は思う。何かをさせたいから言ってきているのだ。

でも。その焼けた手のひらを差し出されて、無惨《むざん》になったその手を見て。

精神論だけでここまで出来るものだろうか。初めて彼女の薄紫の瞳をしっかりと見た。

【この世界は貴女《あなた》の心を現したものです】

「……」

【けれど貴女《あなた》はまだここにいる。何度飛び降りてもここから離れられない──もし死ぬことが貴女《あなた》の望みなら、最初に一度飛び降りた時に貴女《あなた》の望みは叶《かな》っているはずなんです】

「……それは」

「騙《だま》されちゃだめだよ、鈴芽《すずめ》」

と、静香《しずか》はそう言う。

「今初めて会った人と私を比べるの？　どっちの言葉を信じられるか鈴芽《すずめ》なら分かるよね」

「う、うん……」

もちろん、静香《しずか》は大事だ。大事な妹だ。でも──

違和感がなかったといえば嘘《うそ》になる、というか。

静香《しずか》はこんなに強引だっただろうか。

【教えてください。貴女《あなた》の本当の願いを】

「教えて鈴芽《すずめ》。貴女《あなた》が本当にやりたいことを」

本当にやりたいこと。願っていたこと。それはなんだっただろうか。

冷たい地面に向き直る。後ろから羽交い絞めされている状況で。

だから、少女の手は、どうしたって鈴芽《すずめ》の視界に入るのだった。焼けた掌《てのひら》が。華奢《きゃしゃ》な指が赤く焼け、皮は剝《む》けて、誰がどう見たって痛々しいその姿が。

そして少し後ろを振り向けば、そこには強い意志のこもった瞳だ。その瞳に、自分の顔が映っているのを鈴芽《すずめ》は見た。

彼女の本気を、そこに見た。その自分の顔を見て、彼女はようやく理解した。

静香《しずか》は死んだのだ。こんな真夏の日に、学校の屋上から飛び降りて。

それをどうしても、受け入れられなかった。ただそれだけだった。

ああ、私が本当に望んでいたものは。本当にやりたかったことは。

「……貴女《あなた》に出逢《であ》ったから人生が変わる、と言ったわね」

【……ええ】

「それは嘘《うそ》ではないのね」

【本当です】

嘘《うそ》を吐《つ》く人間をたくさん見てきたからこそ、鈴芽《すずめ》にはよく分かる。

彼女は、嘘《うそ》を吐《つ》かない人間だ。

そして同じ理由で。静香は。

「鈴芽《すずめ》！　大丈夫よ！　こっちに来て！」

静香は嘘《うそ》を吐《つ》いている。

だって静香はもう。いないのだから。そんなこと分かっていたんだから。

偽りと分かっていて浸る甘い夢か、それとも、過酷だと知って挑む現実か。

選べなかった二択に、終わりのない選択に。

「なら――本当に変わるのかどうか。それは……ちょっと、確認してもいいかもしれない」

【え……】

彼女が目を見開いて。その顔を見て、鈴芽《すずめ》は彼女に引かれるように、すっと踏み出しかけていた足を引いて。代わりに。

「ごめん、貴女《あなた》は静香《しずか》じゃない」

トン、と、撫《な》でるような力で静香の背中を押した。息を呑《の》む双子の妹の顔が、別のものに変わっていく。蟲《むし》のような、悪意に満ちた獣のような顔に――

「偽物《にせもの》の貴女《あなた》を受け入れることは出来ない」

だって、静香《しずか》がこんな顔をするわけなんてないんだから。

「だから――さよなら。ほんの一時でも、偽物《にせもの》でも、会わせてくれてありがとう――」

ふと、一陣の風が吹いた。

それは強いようで優しい、不思議な風だった。自分の周囲を風がふわりと取り巻いて、それは初めて感じる感覚……そう、抱きしめられているような、そんな。

――いいや、初めてではないのだろう。

だって本当に一度も無かったら、その感覚だなんて分からないのだから。

ああそういえば、本当に今更だけど、これまで考えようともしなかった。かつては自分も誰かに抱きしめられていたのだということ。現状はとても酷《ひど》いけれど、かつてはそんな時間があったということを。でなければここまで生きてこられたわけがないのだと。

「過去と今は、いつだって私を蝕《むしば》み追い立てる」

過去から今が悪い方に変わっていたならば。

その逆もあってもいいんじゃないかと思った。

もっと悪い方向に変わっていくのだと思っていたし、今もその可能性はとても高いと思っている。けれど確定ではないのだと、それだけは分かった。

「本当にそうなのかどうか確かめて——死ぬのはそれでも遅くない気がする」

そう言った途端、風が強くなった。周囲がよく見えなくなった。手元に危なげに持っていた遺灰の袋の紐《ひも》がほどけ、中の灰がさらさらと、風で散らばっていく。

「最後に教えて」

そんな遺灰には目を向けず、彼女は緋色《ひいろ》の少女に声をかけた。

聞いていなかったことがあった。

聞く必要などないと思っていたけれど、聞きたくなった。

「——貴女《あなた》の名前は？」

【シノハラ・カグヤ】

薄紫の意志の強い瞳は、まっすぐに鈴芽《すずめ》を射る。

【聖女気取りの――どこにでもいる、貴女《あなた》と何も変わらないただの人間です】

優しく強い瞳を見て初めて――そこで彼女は初めて、泣きそうになった。これまでたったの一度も動かされなかった心が、その時だけ氷解したような気がした。

ふわりと浮かぶ。何度も何度も経験した落下ではなく、上に。

その先に希望が待ち受けているなどとは流石《さすが》に思えない。現実はそう変わらない。

現実に戻ったら、また同じように死にたくなるかもしれない。

けれど今度は。希望なんて大層なものではないけれど、暗闇の中に仄《ほの》かな光が差し込む程度のものだけれど――それを思いとどまらせるものが出来たから、変えていけるかもしれないと。

ほんの少しだけ、そう思えた。

「私が本当に望んでいたのは、こんな自分を受け入れて、前に進むことだったんだね」

前に一歩――どうしても前に一歩、進みたかったのだ。それがこの世界の真実だった。

握っていた遺灰は、いつの間にかなくなっていた。

・・・

「――ッくっそ!!」

カグヤは何度目かの停止をした後、当然のように落下した。アズマは上半身だけでどうにかそれを受け止め、後頭部を強打。しかしカグヤを離さぬようにしっかり抱え、《勇者》から離れようと左腕を使って這《は》う――

左腕。真っ先に消えたはずの左腕が戻っていた。それだけではない。

急に脚の感覚が戻ったのだ。戻ったと知った瞬間、アズマは考える前にその場を離れようと走る。未《いま》だ気を喪《うしな》ったままのカグヤを抱えて――

「起きろ‼」

アズマは叫んだ。カグヤはアズマの肩の上で目を覚まさない。

「カグヤ‼」

霧の効果は薄れてきていた。カグヤの左腕ももとに戻っており、霧が見るからにだんだんと薄くなっている。ぼんやりとだが、周囲の光景が見えてきた。

そして見えてくるごとに、今いる場所も分かった。――入口だ。アズマもカローンも皆、ずっと同じ場所にいたのだ。

「アズマ！」と、リンドウの声が聞こえる。他のメンバーの姿もあった。緊急対応班らしい姿も見えた。それら全てを無視し、アズマはカグヤに声をかける。

「カグヤ！　起きろ――カグヤ！」

カグヤは目を覚まさない。遅い。常なら数秒で目覚めるはずが、もう十二秒は経《た》っている。

「霧が――！」

起き上がっていたコユキの声ではっとした。霧が晴れ上がってきている。皆の顔が見えた。一時的に消滅していた緊急対応班の姿もある。何人かは腕やら脚やら肋骨《ろっこつ》が折れているようでのたうち回っていたが、今すぐ命に別状はなさそうだ。

そんな中カグヤだけが目を覚まさない。

――このまま目を覚まさないのではないか。

そんな恐怖が胸に過る。これに関してはメカニズムは分からないし、なんの確証も実例もない。これまで数秒で帰って来れたのは本当は幸運でしかなく、他人の精神に干渉している彼女が帰って来ないこともあるのではないか。

いや、寧《むし》ろそれが――普通なのではないか。

十五秒経《た》った。カグヤ、と叫ぶ。

それでも目を醒《さ》まさない。目を開けたまま停止している姿は、まるで死んでしまったかのようで。知らず、冷えた鉛のような感情が胸に広がる。

「カグヤ！」とコユキが駆けてきた。

「ちょっ――嘘《うそ》、起きないの⁉」

二十秒。まだ――起きない。

リンドウも彼女の名を呼んだ。ついでアズマも。必死に。

「うるさいなぁ……」

長い眠りから覚めたかのような。一方で昼寝を叩《たた》き起《お》こされたような。そんな声だった。

「そんなに名前呼ばなくても聞こえてますよ」

冴《さ》え渡《わた》る晴天の下。暖かい初夏の中。シノハラ・カグヤは上体を起こして周囲を見渡した。

そして最初に入った――アズマの顔を見て辛《かろ》うじて微笑《ほほえ》む。

「なんですかその顔。赤い血が魅力的ですね」

「……は、あっ……はは、好きで赤くなってるわけじゃないんだがな」

心からほっとして、冗談を返す。

「随分遅かったな。何かあったのか？」

「あーまぁそうですねぇ。ちょっと何度もやりすぎちゃって」

そしてカグヤは辺りを見回し、少し離れたところで呆然《ぼうぜん》と倒れている少女に声をかけた。

「スズメさん」

呼ばれて、金髪の少女はゆるりとこちらを――カグヤの方に顔を向けた。泣いているような笑っているような、そんな表情で。

あれが霧の《勇者》だった少女。アズマはその首元に『卵』の気配を感じた。

気付けばアズマ達の周囲に何人もの人が倒れていた。一時的に白骨化していた、緊急対応班の隊員だ。中には通信で連絡をとってきた者もいるだろう。

ハルも居た。起き上がるのは辛《つら》そうだったが、怪我《けが》はないようだ。他にも重傷を負った者はいなさそうである。……むしろアズマが一番重傷なくらいだ。

どこか緩み始めた空気。悪い夢から醒《さ》めたときのような、恐怖から安堵《あんど》に徐々に変わっていくその場の空気が。

——急に、引き締まった。

漂ってきたのだ。甘ったるい——金木犀《きんもくせい》の香り。

「終わりじゃないぞ」と、アズマは周囲を鼓舞する。

これで終わりではない。まだどこかに《女神》がいるはずだ。真の敵は《女神》なのだから。

金木犀《きんもくせい》の香りは周囲一帯からしていた。しかしとても強い——わざわざ吸い込むまでもなく、気分が悪くなるほどに強烈だ。その「元」は。発生源は。

ふと地面に目を落とす。ひょっとしたら地下にでも潜っているかもしれないと思って——

——影が。

「動ける奴《やつ》！」

声を張り上げる。思った以上に声が出なかったし、叫んだ瞬間ごぽりと血が零《こぼ》れるのを感じたが、気にはしなかった。

「上だ‼」

その言葉にハル以外のカローンの全員が、スズメが、気を失っていない緊急対応班までが同時に上空を見上げた。そしてその先に、いた。

一般的成人の何倍もの体長がある大きな蜂が――

「あれが《女神》……!?」「なんだありゃ……！」

アズマとカグヤ以外の誰もが、《女神》の本当の姿を見るのは初めてだった。

正体は蟲《むし》――しかも非常に大きい。その威容に目を奪われたのも一瞬。

「撃ち落とすッ！」

まず動いたのはコユキだった。背負っていた長距離用のライフルを、固定もせずに上空に砲撃。クロノスのものとは違う、純粋な発砲の衝撃による反動が彼女に襲い掛かる。

しかしその甲斐《かい》はあった。蜂の三対《さんつい》ある翅《はね》の一つが吹き飛ばされたのだ。

《女神》自体は戦闘力がとても低い。かつて《勇者》だったとは思えないほどに。

（あれも――元は人間だったのだろうか）

《勇者》がやがて《女神》となるのなら。あの《女神》もかつては人間だった頃があったのだろう。最早《もはや》自我などもうないのだろうけれど。

不思議と憎悪《ぞうお》は感じなかった。ただ、憐憫《れんびん》――哀れなものを見たような感情が湧いた。

ふらふらと地面近くを飛び逃げようとする《女神》の蜂に、気を失っているハル以外の全員が何かしらの攻撃を加えた。

最初に飛び出したリンドウが蜂を捕えようとするが、蜂は瞬間的に速度を上げその手をすり抜ける。翅《はね》は三対《さんつい》あり、そのうちの一つが吹き飛ばされたところで何も問題がないのだろう。

尚《なお》もすり抜けようとする蜂を襲ったのは、今度は銃撃だった。

しかしクロノスによるものではない。弾はかすり傷すらつけなかったが、緊急対応班（普通の部隊）による一斉攻撃は《女神》の注意を引き付けた。

その隙にと——飛び出したのはアズマ。

だが武器《銃》はカグヤが持っている。それでも彼は《女神》の身体《からだ》に向かって跳ぶ。およそ人間のものとは思えない跳躍で、蹴りひとつで《女神》を地に叩《たた》き落《お》とした。

轟音《ごうおん》——同時に地響き。そのくらいの大きさなのだ。だからこそ翅《はね》も異様な大きさを誇る。

（翅《はね》はあと二対《につい》）

そのうちどちらかでも削れれば——しかし大怪我《おおけが》が治っていない上、素手の自分にそんなことが出来るのか。

——出来るのか、ではない。

やらなくてはならないのだ。

それがカローンの隊長である己の役目であり誇りである。全身が真っ赤に染まりながらも、アズマは翅《はね》の一部を右腕で摑《つか》み捻《ひね》る。しかしどれだけ力を込めても千切るには至らない。

（流石《さすが》に人間の力だけでは無理か——）

それも手負いの彼には。

（――だが俺は、人間じゃないからな）

全力を籠め、ぶちぶちと根本からちぎれていく。同時に出血がひどくなるも、構ってはいられない。

ブブブと翅《はね》が振動し、アズマは咄嗟《とっさ》に距離を取る。飛び上がられては困る。常の彼ならともかく、一応腹に穴が開いているのだから。

「……何」

飛びすさったその時。

アズマは見た。自分の後ろから走り抜けた少女が。肩までしかない碧色《あおいろ》の髪を靡《なび》かせる一人の少女が。アズマを追い抜き、今さっきまで地を這っていたとは思えない速さで奔《はし》る姿が。

「タカナシ⁉」

・・・

タカナシ、とアズマが自分を呼ぶ声がしたが、ハルはまったく気にもせず走った。駆けながら彼女は追憶する。

――何故《なぜ》自分は、《勇者》が生まれないようにしたいと願ったのか。

それは彼女の過去に起因している。自分を庇《かば》った仲間が目の前で《勇者》になったのだ。その人は今のカグヤと同じように、誰も彼もを救おうとして、そして結果的には誰も彼もを傷付ける化け物になってしまった。無理に救おうとして、その全てが裏目に出た。

そして彼はそのまま、ただ死ぬことも、救われることすら拒絶して。

それはとても稀《まれ》な経験のようで、実はそうでもない、ありふれた経験《もの》だ。

わざわざ人に言うことではないというだけで。

身の内を灼《や》く激情を、表情に出すことはないというだけで。

ハルが鉄面皮となったのはその頃からだけれど、そんな経緯を話す必要はないというだけで。

(《女神》には普通の武器は効かない。けれどそれは、有効打でないというだけの話!)

《勇者》や《女神》にとっては通常の武器は小さな子供の遊びのようなものだ。子供がいくら必死になって大人にBB弾をぶつけようと、ただ痛いだけで怪我《けが》はしない——それと同じようなものである。

しかし逆に、瀕死《ひんし》であれば。その傷に有効な一打を喰《く》らわせられる。……はず。

ハルが手にしているのはただのナイフだ。《勇者》は勿論《もちろん》《女神》にすら傷一つつけることのできない、金属製の、しかし彼女の手には慣れたもの。

(翅《はね》はあと二対《につい》)

ブブブブと女神の翅《はね》が振動する。そして逃げようとする。

「逃がさな――」

「逃がすかよ！」

飛び立とうとしている女神に、思い切り叩《たた》き込んだのはリンドウだった。

その剛腕、そしてメリケンサックの姿をしたクロノス。アズマが捻《ひね》って歪《ゆが》んでいた翅《はね》の一部に的確に叩《たた》き込み、片方が無惨《むざん》に散る。

これであと一対《いっつい》だ。だがハルの非力では刃を振るうまでにはいかないかもしれない。

ちらと後ろを振り返りかけた時、誰かが後から駆けてくるのを感じた――

その覚束《おぼつか》ない、必死に追《お》い縋《すが》るような足音。戦い慣れたリンドウの脚運びでも、怪我《けが》をしてろくに動けないアズマでも、反動で負傷したコユキでもない足音にハルは確信する。

シノハラ・カグヤが追いついてきた。

「翅《はね》はあと一対《いっつい》です」

カグヤがハルの横に並んだ。追《お》い縋《すが》って来たのだ。

もうお姫様などとは呼べない彼女は、ハルを見ずに固い声をかけてくる。

「いい話と悪い話があります。どちらから？」

「ではいい話から」

「私のこの銃ならば、恐らく穴を空けるくらいは出来ます」

少し予想外な言葉だった。

確かその銃は、カグヤには撃てない——正確には弾丸は出ないはずだ。

「その銃は使えないんじゃ……？」

「いえ。……数か月前、女神に対してだけは使えたんです。それは何故《なぜ》かは分かりませんが私はあの時、奇妙な感覚を覚えました。武器に許された、いいえ、許されたというか——」

「許された……？」

「ええ」

物が使い手を許すという不自然な言葉に、ハルは片眉を上げる。しかしハルはカグヤの真剣な表情を見て再び締め直した。こんなところで冗談を言う彼女ではない。

というかそもそも。《勇者》に心がある時点で、なんだかもう色々とどうでもいい。

「……悪い話は？」

「弾は一発。絶対に撃ち損じられない」

外したら次はない——暗に、協力を仰いでいるのだとハルも理解する。

「それは特段悪い話ではないわね——何故《なぜ》なら」

ハルはナイフを短く、逆手に持ち変える。彼女自身の体重をフルでかけられる体勢——

「つらぁっ!!」そのまますべての勢いを乗せて、ハルは思い切り女神に刃を振るった。

刃が通らないが衝撃が伝わり、《女神》はハルに殴られた形となる。

その一瞬だ。その一瞬だけ《女神》の体勢が崩れる。

「貴女《あなた》は必ず当てるからよ」

合図をするまでもなかった。カグヤは既に構えており、その銃口は、真《ま》っ直《す》ぐに《女神》の頭部を捉えていた。

頭部を撃てば死ぬのだろうか。それはハルにも分からない。だって《女神》をここまで追い詰めたのは初めてなのだから。

普段は捉えることすら難しい《女神》が、いま手の届くところに。

きっと一匹などではないだろうけれど、その姿は瞬間は、ハルを含めた全員の眼《め》に焼き付いた。全ての悲劇はこいつから始まったのだ。

仲間が勇者になったのも。その勇者にたくさんの人が殺されたのも、家族を奪われたのも、全部。ここに例外なんていない。だから誰もがその結末に注視していた。

その結末を彩《いろど》るかのように。銃を構えるのはカグヤ。本当に研究者なのかと思うほどの冷徹な視線と、その奥に潜む一抹の憐憫《れんびん》を露《あら》わにする、優しすぎる彼女——しかしそれもほんの一瞬で、斃《たお》れ伏した《女神》の頭部に銃を向けた引鉄《ひきがね》が、引かれた。

その銃の——

本体の中では火薬が炸裂《さくれつ》し、装塡された通常の弾が秒速250メートルもの速度で銃身を駆けていく。これが人の身ならば決して耐えることなど出来ないような熱と衝撃が、その銃を襲い、浴びて、それでもなお引鉄《ひきがね》は弾丸を走らせる。

その摩擦熱、衝撃、そういった全てを、最早《もはや》慣れたように受け止めつつ、銃《それ》は苦しんだ。慣れているからといって苦しみが熱さが、軽減されるわけではない。

だから彼等《かれら》は、だからこそ――斃《たお》す者を選びたいのだ。

同じ《勇者》に向けることは出来ないけれど。それをしようとした者はこれまで反動という形で拒絶してきて、けれどそれすらも届かない者達もいたけれど。

けれど仇《かたき》が相手ならばと、使用者《カグヤ》を認めるかのように。許すかのように。

自分を使って、《女神》を殺せと叫ぶかのように――

銃身を貫いた弾丸は射出される。使用する側としては何気ない一動作、しかし使用される方は決死の、身を焼く苦痛。それを吐き出すかのように。――発射。

その瞬間、破裂とともに甲高い絶叫を挙げて、《女神》はその場に頽《くずお》れた。

・・・

大きな身体《からだ》の《女神》が斃《たお》れ伏すとともに静寂が訪れる。

誰もが疲弊していた。そして呆然《ぼうぜん》としていた。

《女神》を見るのはハルだって初めてだ。いや――この場のほとんどがそうだろう。蜂の姿をした、これは、生き物なのだろうか。蜂といっても本物の蜂とはところどころ違っていて、まるで無理矢理蜂に似せたような姿をしていた。

これが仇《かたき》であるとは理解したものの、ハルの心に去来したのは憎悪《ぞうお》ではなく、どうしようもない虚無感であった。こんなに簡単に斃《たお》せるものだったなんて。

それなのに、未《いま》だに事態は何も変わっていないだなんて。

「……はぁ、驚きましたよ」

声をかけられ、振り返る。カグヤは息が上がって辛《つら》そうだったが、無理をして笑っていた。

「そ――そんなクールな顔して、意外と熱いんですね」

「……貴女《あなた》だって。お姫様というより寧《むし》ろ女騎士の方が似合ってるわよ」

「は、は……こんなんです、けどうぇっ……はしりすぎた……」

「体力付けた方がいいわね。せっかく騎士《ナイト》な振舞をしてるのに、勿体《もったい》ないわよ」

「ないと……?」

「意外と胆力があるということよ」

かつてはカグヤがお姫様で、アズマはそれを護《まも》る騎士《ナイト》だと思っていた。だがそれは逆だったのかもしれない。自ら戦うことを選んだ彼女こそ、本当の。

「貴女《あなた》が騎士《ナイト》なら」

そしてハルはおもむろに、アズマに視線をやった。

「……むしろお姫様はあっち、のような気がするわね」

それはもちろん冗談の範囲だけれど、カグヤはおかしそうに笑う。

それにつられるように彼女は、カローンに来て初めて、ようやく笑みを零《こぼ》した。

・・・

アマユリ・スズメはそのまま救急車で運ばれていった。アズマも、もはや無視出来ない怪我《けが》だったのもあり、今度こそ軍専属の病院に連行されようとしている。といっても傷がそれほど深くないのもあり、――あと恐らく私怨《い》もあって、地面に転がされ放置されているが。

(さすがにアレはよくなかったな……)と、アズマは回顧する。

アズマが何故《なぜ》この公園に来ることが出来たか。何故《なぜ》来ようと思ったのか。

方法は単純。自分を病院に届けようとする輸送車の運転手を脅したのだ。最終的にはその運転手の判断に任せたからこれは別に脅しではない。まあ、同時に首に腕を回す程度の暴挙は行ったが。

では何故《なぜ》、そんなことをしようかと思ったのか――

一つは、公園に不審な霧が出ていることをミライ少佐から聞いたからだ。そして霧が出始めた瞬間、リンドウたちとの通信が途絶えたという。

ただミライは、アズマに出動を求めるために連絡をしてきたわけではなかった。

『何も知らないままってのは辛《つら》いから』と。せめて連絡くらいはと思ったのだと。

『大人《私たち》ってのは本当、役立たずね』

そんな彼女の、震えるような声が鮮明に脳裏に蘇《よみがえ》る。

『見ていることしか出来ない。こうして遠くから連絡することしかできないの』

だからミライはせめてと連絡してきたのだろう。勿論《もちろん》、怪我人《けがにん》に出ろなんて言えない。けれど病院にいる間に何もかも終わって、その連絡をベッドの上で知るなんて、そんなのはあまりに惨《みじ》めだと、そう思ってくれたのだろう。

そしてもうひとつは、あの音声記録を聞いたから。

──「ええええええいっ!!」と、まるで彼女らしくないカグヤの咆哮《ほうこう》を。

アズマはそれを聞いて結局は、行くことを決めた。皆を信頼していないわけではない。《勇者》になるのが怖くないのでもない。けれど。

自分はカローンの隊長なのだから。

恐怖は恥じる感情ではない。それは理解した。けれど喪失への恐怖から目を逸《そ》らし、それを言い訳に戦わないような、そんな人間にはなりたくなかったのだ。

それに、仮に自分が異形《いぎょう》と化しても、そこには止めてくれる人がいるから。いたから。

「アズマさん」

カグヤがいつのまにかこちらに来ていた。血塗《ちまみ》れの自分を見て、明らかに表情が変わる。

「……どうしてここまで……」

カグヤはその場にしゃがみ込む。アズマと目が合った。

「というか、よく分かりましたね。私達がピンチになっていること」

「嗚呼《ああ》。ミライ少佐から聞いたんだ」

「アズマさんは——そりゃ、来ないような人ではないのは知ってますけど」

カグヤの視線の先は、アズマの怪我《けが》に向いている。

「良かったんですか？　怪我《けが》もしてるのに……」

「当然だ。寧《むし》ろこのくらいで最初から行けなくて悪かったと思ってる」

「このくらい、なんて怪我《けが》じゃないですけどね」

そして彼女は微笑《ほほえ》んだ。呆《あき》れを多分に含んだ感謝のような、そんな表情だった。

「でも、来てくれて……助けてくれてありがとうございます。びっくりしましたけど、助かりました」

「にしては随分な対応だった気がするがな」

「む。思ったよりしつこいですねえ、アズマさんは」

そして「あ」と何かを思い出したように声を上げる。

「そういえばさっき、大丈夫でしたね」

「……何が？」

「私が《勇者》の攻撃を受けそうになった時、助けてくれたじゃないですか。あの時は接触部分も多かったのに、なんともなかったでしょう」

「ああ──」

アズマが膝から下を失《な》くした時だ。その時彼は、飛ぶ斧《おの》からカグヤを護《まも》るように引き寄せて。

その後。

「……」

その後に自分がしたことを思い出して彼は口を噤《つぐ》む。

怪我《けが》や戦闘の緊張でアドレナリンが放出していたのだろうが、その時の自分の行いには正直閉口するものがある。普段の自分ならば絶対にやらないことだ。

（いや、あれは……あの時は仕方がなかった。ああしないと中尉は死んでしまうし……それに、銃を撃つ時だって視界が広い方がいいに決まってるから）

黙って自分に言い訳を繰り返すアズマをカグヤは不思議に思っているようだが、すぐに理解したように手をポンと叩《たた》く。

「ひょっとして戦闘中なら大丈夫なのかもしれませんね。それか、上回る緊張があればなんともないのかもしれません。発見ですね」

「……そうだな」

そういうことにしておこうと思った。

「にしてもアズマさん、よく分かりましたね。《勇者》がいる場所。あの霧だと音なんてほぼ通らないのに。やはり『卵』の音は独特なんですか？」

「いいや。『卵』の音は、まあ大小で変わったりもするが、基本的に個体によってはそう変わらないよ」

「じゃあ、どうして……？」

無垢《むく》な彼女に、アズマはお返しとばかりに揶揄《からか》うように笑った。

「教えない。貴女《あなた》には」

アズマが聞いていたのは《勇者》の卵の鼓動なんかではない。カグヤが身に宿す卵の音だ。

——だが、言えるわけなどないだろう。

いつも、誰よりも聞いていたからすぐに分かった、なんて。

間四　氷解

その夜。タカナシ・ハルは、誰もいない場所で誰かと電話をしていた。

「シノハラ中尉のここ数か月の異常行動ですが――」

カグヤに関しての密告を行っていたのだ。その動向を探るためにハルは送り込まれ、そして出動を許可された。今日連絡しているのは、カグヤの行動について報告するためだ。

そしてその内容とは。

「――趣味です」

『……？　趣味？　だと？』

「はい。間違いなく」

口裏を合わせるために言っている嘘《うそ》ではなかった。

彼女にはメリットがほぼないのに、必死になってその身を晒《さら》す。もはや趣味の域だ。

「私自身現場で確認したところ戦闘に大きな支障はないようでした。まあ死ぬも死なないも自己責任ですので、これ以上の追及は不要かと存じます」

『待て……それだけか？』

電話の相手は不機嫌そうな、そして不可解そのものといった声を出した。

『私がお前に求めていたものは、解明だけでなく対策だ。冤罪《えんざい》でもなんでも構わない。シノハラ中尉を監査に引っ張ってくる、それがお前の仕事だ。不適切行動ということで——』

「ですから申し上げている通りあれは趣味です」

強硬にそう主張してしまえば相手は何も言えなくなる。ハルはそれを分かっていた。

『……何を吹き込まれたのか知らないが、タカナシ少尉。お前はシノハラ・カグヤを突き出すために来ているはずだ。その必要はないと言いたいのか？』

「……ええ」

言いながら、ハルはカグヤの行動を思い返す。

自分を見捨てなかったこと。真《しん》に《勇者》のことを考え、誰よりも死ぬのが怖いくせに、自分を危険に晒《さら》してまで救おうとしていたこと。

何度も何度も。誰にも理解されないと知りつつなお。

『なるほど。ではお前は我々の意向に背くというわけだな。それでも構わないと言うのか』

「構いません」ハルは迷わず断言した。

「そもそも告発前提の監査なんてフェアじゃないし、我々でもない——これが監査所としての命令でなく、貴方自身の専横であることは分かっています」

電話の相手はぐ、と言葉に詰まったようだった。

「貴方が何故シノハラ・カグヤを標的にするかは知りませんが、非公式な令をこれ以上受けるわけにはいきません。それで監査所に捨てられても本望です」

「……飼い犬に手を噛まれた気分だよ。《勇者》に関しての記録、惜しくはないのか」

「それは勿論《もちろん》。けれど記録なんて――なんて、という言い方は宜《よろ》しくありませんが、もう私にとってそれは重要なことではありませんから」

実際のところ嘘《うそ》ではない。

捏造《ねつぞう》可能な書類上の記録よりも、色々とイレギュラーなカグヤの方が価値があることは確かだ。確信を持てた今、あるかどうかも分からない可能性に縋《すが》る道理はない。ただそれだけ。

――いや、違う。それだけじゃない。

「それに私も――綺麗事《きれいごと》を言ってみたくなったので」

そしてハルは相手の言葉を待たず、プツリと電話を切ってしまった。

人間を《勇者》にしないようにする――彼女が掲げていた夢は、監査所に捨てられれば、潰《つい》えはしないかもしれないが、これで難しくなっただろう。情報が手に入らなくなったのだから。

だが不思議と後悔はない。ハルは目の前で、それが叶《かな》った瞬間を見たのだから。一度は駄目だったけれど、それでも諦めずに繰り返した、彼女の。

それでも彼女は、どこか晴れやかな顔をしていた。

終一　違和感

マリとの約束は結局、果たされた。

霧の《勇者》が片付いてから数日後。カグヤはマリに呼び出され、殲滅軍《せんめつぐん》本部に来ている。

「もー。大事な資料を本に挟んだままなくすってどういうことなのよ」

「ううー。すみません……」

ただ、場所は食卓ではなかったが。

マリの記憶と証言を頼りに、カグヤ達は本部の資料室で資料を捜索していた。

資料室は立入禁止ではない。所属している者なら誰でも入ることが出来る。しかしその資料の膨大さと秩序のなさ、そして原則は使用期間が過ぎた古い資料が入れられること（削除する必要がないほど重要性が低い）などの理由から、わざわざ立ち入ろうとする者はいない。

そんな場所だった。大学の図書館並みの広さを持つ資料室の一角で、マリとカグヤはそれぞれ別の棚を探している。

カグヤが探しているのは入口に一番手近な棚だ。誰かが本に挟んでしまった可能性もあるので、本をいちいち調べている。

ごそごそと漁《あさ》っていると、「あれ？」とマリが声を上げた。

「なにー？　探し物見つけた？」

「いえ、それとは違うんですけど」

マリはカグヤの方に来て、恐る恐る一冊の小さな紙を差し出した。カグヤが想定していたより小さいものだ。そして、こんな保管庫にあるようなものでもなかった。

「これ……写真？　珍しいわね、紙の写真なんて……」

「ただの記念写真みたいですけど。ほらこの後ろに」

マリが指差した部分を見てカグヤは目を丸くする。そこには確かに、顔を黒く塗り潰された異形《いぎょう》の姿があった。大人には見えておらず、写真のカップルは楽しそうな表情をしていた。

しかし注目すべきはそこではない。写真の背景に映り込む大きな建物に電子モニターが設置されていて、撮影当時の年数と時刻が表示されていた。

２０３０年、４月６日、14時20分。

カグヤの感じた驚きを、マリが恐々《こわごわ》と代弁する。

「これって、三十年前の写真、ですよね……？」

「え、ええ……」

背後に映っている《勇者》の姿にカグヤは釘付《くぎづ》けになる。

勇者に似た姿などしていなかった。カグヤのよく知る、顔が真っ黒の、目を背けたくなるような異形《いぎょう》の姿だ。この姿から勇者という言葉など、出てきようもない。

聞いた話では、《勇者》の見た目がアニメの勇者に似ていたからそう名付けられたはずだ。

「ま、まぁ《勇者》が何月何日から出たみたいなことは分かんないですし。ひょっとしたらこれ十体目くらいかもしれないですし」

「まあ、……そうかもしれないけど」

だがしかし、そこで生まれる拭い切れない不自然。

そもそも、その最初に現れた《勇者》の記録は存在しないのだ。つまり《勇者》がそのように呼ばれている根拠までは、厳密には分からない。

おまけに、何年前から出たのかは分かるのに何月何日から出たかは分からない。それを誰も不自然に思っていない。

いや。それ以前に、もっと不自然なことがある。

《勇者》が存在するのに、街が無事なのだ。カップルも楽しく笑っている。《勇者》とは、その存在によって他人を傷付ける、そんな化け物のはず。何故《なぜ》──無事なのか。

シャッターが推された一瞬の後に暴れ出したのなら、そもそもこんな写真は残っていない。

「勇者……」

写真の背景にある別の建物には、アニメか何かの広告が表示されていた。

その広告にある一文──

勇者。それは世界を救う力。

「……違う、《勇者》は……」

《勇者》。それは世界を滅ぼす力だ。

「どういうこと……？」

カグヤは混乱する。大前提だったものがあっさりと覆《くつがえ》されて。

くる、と紙の写真を裏返した。そこに殴り書きされてあった文字に目を剝く。

「『第一技研』――」

六年前に潰れたという、第二技研の前身。何故その文字が――

『中尉。応答出来るか？』

アズマの通信で、カグヤははっと我を取り戻した。

『また出現した。最近はペースが速いな――東都《とうと》三区だ。そこから遠くないだろう。俺も出動許可が出たし、早めに来てくれ』

「あ、は、はい。すぐに向かいますね」

マリに写真を返す。マリは様子がおかしいカグヤを見て眉根を寄せている。

「ごめんマリちゃん、また今度ね。今日は行かなきゃだから」

「は、はい。……気を付けて行ってきてくださいね」

か細くなる、しかし吹っ切れたマリの声に、カグヤは申し訳なさそうな笑みを浮かべた。

ただ、カグヤのその心中には拭い切れない違和感があった。何かを見落としている気がして。

間五　迂闊《うかつ》

——何か見落としている気がする。

と、研究長はずっと思っていた。

「意識を持つ肉片……か」

《勇者》の細胞や、それをもとに作ったクロノスに意識があるのは分かった。

だが、そこからが分からない。液に浸して感情の変化を見ることはできるが、根本的な破壊の方法が見つからないのだ。先日は違うクロノスを使用したから殺してやることは出来たが。

「もっと強い……例えば核のような力をかければ、あるいは可能なのかもしれないが」

だが二十五年前には既に出来ていたことなのだ。かつて可能だったことが、今不可能であるということがあるだろうか？　それも、二十五年もの隔たりがあるのに。

まるで迷路のような謎の中、研究長は袋小路《ふくろこうじ》に陥っていた。

「……お前はどう思う？　って、何も言えないんだったか」

眼前の肉片に怠《だる》そうに声をかける。当然相手は応えない。今は特に何かに浸しているわけでもないので、本当にただの物体だ。

こういうのと会話が出来る何かがあればいいのにと、疲れた頭で彼女は思う。

(……そういえばカグヤはそうだな)

会話の出来ない者を相手に、唯一言葉を交わせる者として。今度カグヤも参加させてみるか
——と、彼女が《勇者》に抱く思いを知りつつ考える。

(そもそも何故《なぜ》——《勇者》には精神世界などが存在するのか)

一連の行為が、《勇者》の攻撃が全て人間を介した繁殖活動であるなら、精神の世界などそもそも必要ないのである。自我を殺し、ただ暴れるだけの人形にすべきだ。

もし、《勇者》となった者がカグヤを介さず、自らの意思で拒絶したら?

そんなことが起こるとは思えないが、その可能性はある。失敗する余地を残してしまっているのだ。

(生物の営みというのは——少なくとも子孫を残すという点においては、全く無駄のない合理的な仕組みであるべきだ)

例えば、自力で動けない植物は花から甘い香りを出すことで、虫や鳥に花粉を運ばせる。花が美しいのも、彼等《かれら》のような生き物を引き寄せるためだ。ただ美しく在りたいからそうなっているわけではない。

(だが《女神》のそれはどうも、粗があるというか——本当に彼等《かれら》が繁殖をしたいなら、人間の意思を残す必要などないはず)

そして《勇者》にあるという精神世界と、意識を持つ武器。無関係とはとても思えなかった。

《勇者》と《女神》を生んだのが自然なのか、それとも人工的なものなのかは分からない。けれど、こうも出来過ぎであると気味が悪い。心を、意識を持つ武器。

(不自然だ。まるでそのために、在るかのような)

《勇者》に自我があることは二十五年前の人間は知らなかったはずだ。それならばもちろん、クロノスに意識があることも知らないはずで。

ならば何故《なぜ》凍結された？　ただ失敗作だからか？

普通に考えれば、反動が起きるなら反動を失《な》くすために、更に研究が重ねられるはずだ。それが逆に、まるで禁忌に触れて隠すかのように、実験は停止した。

「禁忌ねえ……ま、こんな非道な武器作り出してる時点で禁忌も何もないが」

勿論《もちろん》、その頃の殲滅軍《せんめつぐん》はクロノスの真実など知らなかっただろう。

研究長はその件に関しての報告書を上げていた。一応結果は報告しなければならないし、報告書を上げないと監査所が煩《うるさ》い。

このクロノスの開発というものは、着想としては非常に邪道だ。何故《なぜ》なら、クロノスは敵である《勇者》から造られているからである。敵を斃《たお》すために、その敵の存在に依存している。非常に歪《いびつ》な構造だ。

(虎や熊を狩るものは、人間が造った銃や鞭《むち》でなくてはならない)

虎の毛皮から造るわけではないのだ。

――そもそもの話。

（クロノスが開発されたのが三十年前だとしても。それでも《勇者》出現後すぐに開発できたわけではないだろう。何より見えるのは子供だけだったのだから――）

この殲滅軍《せんめつぐん》は、最初はただの有志の集まりだったと聞いている。大人が頼れないのだから。だが少なくとも最初の《勇者》に関しては太刀打ちできなかったはずだ。いや、研究長がここまで苦労しているのだから、最初のひとつが開発されるまで時間はかかったはず。

（それまではいったいどうやって――）

どうやって、と自問したその時だった。

まるで魔法のように、彼女の中で一つの仮説が組み上がった。

「……逆、なのか……？」

時間にして数秒だった。類稀《たぐいまれ》なる頭脳を持つ研究長は、今まさに浮かび上がった仮説に、有り得るはずのない可能性に衝撃を受ける。

「いや、待てそれはさすがに飛躍が……ならどうして今まで誰も……」

どうして誰もこれに気付かなかったのか。気付かせなかったのか。

「……そうか、それが名前なのか」

ガタリと椅子から立ち上がる。彼女の予想が合っているのなら――恐らくカグヤが危ない。

「確か今は出撃中だったな。急いでミライに連絡しなければ」

大股で研究室を出ようとした時、その扉がきい、と動いた。

研究長は勿論《もちろん》触れていない。外から、誰かが触れているのだ。そこに誰かがいる。

「……誰だ？　マリか？」

研究長は顔を強張《こわば》らせながら、分かり切ったことを聞く。

マリはノックもせずに入ってくるような不躾者《ぶしつけもの》ではない。そして技研《ぎけん》には今、マリと研究長しかいない。つまり技研《ぎけん》と関係のない、誰か。

「ここは立ち入り禁止のはずだぞ。誰が――」

言葉の途中で、研究長は固まった。彼女の漆黒の瞳に、その視界に入ったのだ。

無機質にこちらに刺さる視線と、同じく向けられた白銀の太刀の刃を。

そしてその刃が振るわれるその瞬間を。

ズチュッ、と肉が裂けるような音とともに刃が喉を貫いた瞬間の、撒《ま》き散《ち》らされる鮮血を。

半秒にも満たない時間で行われた蛮行と己の死を。

「……あ、はっ」

自嘲するかのように、あるいは相手を見下すように笑って網膜に焼き付ける。ここが己の終わりかと、研究長はぼやけ始めた思考でもすぐに理解した。

「刀が欲しかったのだろう」

低い声が耳朶《じだ》を打つ。

「よかったじゃないか。最期《さいご》にくだらない好奇心が満たされて」

（ああ、そうか――流石《さすが》に目立ちすぎたな――）

レポートを上げたのがよくなかったな、と彼女は自戒する。

だが自分だけの名義でよかったと、そうも考えた。

クロノスに意識があることを知っている者は、まだ一人だけ、いるのだから。

（私の命が喪《うしな》われるだけだ。それは想定外だったが、後は彼女達が継いでくれるだろう）

彼女には優秀な部下達がいるのだから。受け継ぐべき器となる者がいるのだから、寧《むし》ろ絶望すべきは奴等《やつら》の方だ。

（何も知らず、愚かなことだ）

死によって彼女は調査し、行動に移すだろう。何故《なぜ》元上司が殺されたのか、その真実を突き止めるために。――シノハラ・カグヤは何もかもを諦めないのだから。

（ああ、それにしても、ミライには悪いことをした）

ミライは研究長《ユウナ》の昔馴染《むかしなじ》みだ。互いに軽口を言い合える得難《えがた》い相手である。

ランチの約束をしていた。約束したのは三年も前だけれど、互いに多忙が過ぎて忘れることもあったけれど――研究長は覚えていた。いつか出来ればと思っていた。それなのに。

（約束破ってごめん。ユミ姐《ねえ》――）

研究長は赤く染まった視界の向こうに、表情無くこちらに切先《きっさき》を向ける者の姿を見た。その冷徹な瞳を見た。最後に、刃が眉間に突き立てられるその瞬間が目に焼き付いて――

それが技術研究所研究長、有村優奈《ありむらゆうな》中佐の見た最期《さいご》の光景だった。

撃たれた有村優奈《ありむらゆうな》中佐の頭蓋から、大量の血液が流れ出す。既に息絶えた者の血は、偶然にもそのほとんどが計測台の《勇者》の肉片へと注がれた。

かつてアラカワ・サクラと呼ばれていた《勇者》の、拳大しかない――かつてアズマ大尉が斬り取った肉片へと。

その肉片が完全に血だまりに隠れた頃、どくん、と何かが高鳴った。

計測台の上の肉片は、生きていたとしても失血死しているだろう大量の血に沈む。死者の血は勇者だった肉片に刺激を与え、人間一人の命が失われるのと引き換えに唐突に形を変えた。

血色の刃紋が美しい、クロノスと呼ばれる刀の形に――

終二　暗闇

パシュッ、と空気が抜けるような音。

同時に爆発音が響いた。小銃型のクロノスが、ハルが仕掛けたガス缶を撃ったのである。

爆発は《勇者》を含めた周囲一帯を爆炎に包み込む。廃校の校舎が笑えるくらい燃え崩れた。

《勇者》に直接のダメージは行かないものの、その瓦礫《がれき》で身動きが取れなくなっている。打ち合わせ通りだ――カグヤは誰に先導されるでもなく走る。

『ちょっと、まだ来ないで』

ハルの短い牽制《けんせい》で足を緩める。

『まだ出し切らせていない。何の力があるか分からない』

『でももう動けないんでしょ。じゃそこまで警戒することないんじゃない』

コユキは希望的観測を唱えつつ――しかし警戒は怠らず、手元の銃を撃つ。その砲撃に反応した《勇者》の一部、触手がコユキを襲撃する。影響範囲外だったので当たりはしなかったが。

『っと！　あっぶな』

『だから言ったのに……』

『だがお前はちょっと石橋を叩《たた》きすぎんじゃねえの』

と、リンドウの余裕そうな声。

『あんまり時間かけてるわけにもいかねぇだろ、が！』

余裕そうに笑いながら、リンドウがいつものメリケンサックを豪快に振るう。

「……行きます」

カグヤはそう笑って、手元のクロノスを強く握った。彼女には何故《なぜ》か撃てないが、引鉄《ひきがね》を引いて彼等《かれら》と話をすることは出来る——道を切り開いてくれているアズマを信じて、その背を追う。護《まも》られることを前提とするのではなく、互いに信頼し合う関係として。

そのアズマは、

『少し手間取りそうだな。サクラがいれば少しは違うんだろうが』

と、目の前を走り呟《つぶや》いた。

確かに今戦っている相手は戦士型で肉弾戦タイプだ。フィジカルがものを言う相手。

「ええ。私もそう思います」

サクラがいればという言葉に、カグヤは遠くの場所を見て笑う。

本当にその通りだ。でも。

「——でも、もういない人、ですから」

カグヤはほんの一瞬、美しく消えていった彼女の顔を思い出す。アラカワ・サクラ少尉はあの後、本当の両親と会うことができたのだろうか。

そうであったら良《い》いと思う。

よろしくね、と託して、この世から飛び立った彼女。あの世というものをカグヤは信じないが、もしあるとするなら、彼女の世界で見たような一面の花畑なのだろう。

「もしサクラが生きていたらこうやって、轡《くつわ》を並べて戦っていたんでしょうね」

「『もし』の話だ。ま、確かに彼女は強かったけれどな」

とだけアズマは言って、使い慣れてきた短刀をさっと振って次に備える。

「よし——行けるな、カグヤ」

「任せてください。《女神》がどれだけあの子を引きずり込もうとしても、私は許しません」

たとえどれだけの闇があろうとも。カグヤは決して諦めないのだと。

卵に銃を向ける。願いを込めるように祈るように。

彼等《かれら》に赦《ゆる》しを得るように、空の銃から発砲した。

その勢いのまま、カグヤは《勇者》の中に入った。今度はどんな世界なのだろうか。どんな夢を、彼等《かれら》は見ているのだろうか。

【——来ないで】

深い闇が広がっている。その中に、カグヤは無遠慮に飛び込む。

けれどどれだけの闇が広がっていても、絶対に救ってみせる。ほんの一筋でも光がそこにある限り――それが彼女の使命なのだから。

――だが。

「……え？　何、これ」

気付いたら、カグヤは見知らぬ場所にいた。

本当に見知らぬ場所だった。これまでになかった光景に、カグヤは思わず呆《ほう》けたような声を出してしまう。

光が無かった。そこは闇そのものだった。暗く冷たい、一寸先をも知れぬ暗闇。

己の手先すら見えないほどの深い漆黒に、彼女は息を呑《の》み、そして侵蝕《しんしょく》される気配を覚えて一歩後ずさる。その先には何もないのに。その後ろにも、何もないのに。

ふと蘇《よみがえ》った言葉があった。

――あまり踏み込み過ぎると、引きずり込まれる可能性がある。

引きずり込まれるのは二度目だ。しかしここには、アズマはいない。誰もいない。

抗《あらが》う術《すべ》は、今の彼女には、無かった。

第 3 巻 予 告

勇者症候群
HERO-SYNDROME
Eradicate the heroes who avenge the world.
世界に仇なす
《勇者》を理解せよ

あとがき

皆様お久しぶりです。初めましての方もいるかもしれませんね。彩月《あやつき》レイと申します。

この度は勇者症候群二巻をお手に取っていただき、誠にありがとうございます。

このスペースは「後書き」になります。

後書きも面白さが求められる時代だというのを、私は一巻発売後に知りました。なので今回は、後書きについて語っていきたいと思います。

後書きは「文章・著書の終わりに添えられる言葉」だそうですね。一方、読者へのお手紙という解釈もあるようです。

では何故《なぜ》「後書き」などというものが存在するのでしょうか？　小説本文だけでは何故《なぜ》ダメなのか。というのを考えました。

自分がライトノベルの後書きを読んでいるとき何を見ていたか。そう考えれば自《おの》ずと目的はわかってきます。そう、おそらくこれもエンタメの一つなのです。多分。

……なのでキャラの好きなものでも書いていこうかなと思います。

主人公のシノハラ・カグヤ。大食いです。好きな食べ物はだいたい全部。唯一嫌いなのが炭酸です。子供の時大人の真似《まね》をして飲んで、シュワッてしてそこから苦手なようです。

アズマ・ユーリ。あまり食べない方です。栄養価で判別しているようです。なので卵は好き。

賞味期限切れてても一日くらいなら構わないタイプです。パンケーキは何枚でもいけます。期間限定系には弱い。めっちゃ写真撮る。

アサハル・コユキ。ギャルらしくかわいい食べ物・飲み物が好きです。パンケーキは何枚でもいけます。期間限定系には弱い。めっちゃ写真撮る。

ユメウラ・リンドウ。好きな食べ物はカロリーメイトです。ちゃんと食べないです。彼は生活そのものにあまり興味がないタイプです。物も超少ない。

で、今回から新キャラの彼女。酸《す》っぱいものが好きなようです。あと、ゲテモノ食いでもあります。醤油《しょうゆ》とかありえないくらいかけるタイプです。

エザクラ・マリ。味覚は一番大人っぽいです。自炊もできる。和食が好きですが、カグヤと一緒に食べるときは合わせて洋食にしがち。研究長は思い出した時にしか食事をしないのと、たまに点滴で済ますことがあります。ミライ少佐は「丁寧な生活」みたいな感じ。

謝辞に移ります!!

編集のM様とN様。色々とご迷惑をおかけしました。

勇者症候群のキャラをデザインしてくださったりいちゅ様。カグヤはいつも可愛《かわい》いです。

クリーチャーデザインとしてご参加いただいた劇団イヌカレー様。勇者すっげぇ！　と今回も脱帽しました。

編集部の皆様、その他関係者の皆様。そして当作をお手に取っていただいた読者様。感謝してもしきれません。ありがとうございます。

本書に対するご意見、ご感想をお寄せください。

ファンレターあて先
〒102-8177　東京都千代田区富士見2-13-3
電撃文庫編集部
「彩月レイ先生」係
「りいちゅ先生」係
「劇団イヌカレー（泥犬）先生」係

本書は書き下ろしです。

電撃文庫

勇者症候群《ゆうしゃしょうこうぐん》2

彩月《あやつき》レイ

2023年８月10日　初版発行

発行者　山下直久
発行　株式会社KADOKAWA
〒102-8177　東京都千代田区富士見2-13-3
0570-002-301（ナビダイヤル）
装丁者　荻窪裕司（META＋MANIERA）
印刷　株式会社暁印刷
製本　株式会社暁印刷

●お問い合わせ
https://www.kadokawa.co.jp/（「お問い合わせ」へお進みください）
※内容によっては、お答えできない場合があります。
※サポートは日本国内のみとさせていただきます。
※ Japanese text only

※定価はカバーに表示してあります。

ISBN978-4-04-915012-4　C0193　Printed in Japan

電撃文庫　https://dengekibunko.jp/

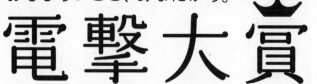